JN284059

AZ NOVELS

極道はスーツと煉獄を奔《はし》る

中原一也

CONTENTS

CONTENTS

ILLUSTRATION
小山田あみ

極道はスーツと煉獄を奔《はし》る

1

愛する者を失う気持ちは、いったいどんなだろう。

榎田《えのきだ》は、スーツを縫う作業の手を止めてそんなことを考えていた。心が引き裂かれそうな気持ち、押しつぶされそうな気持ち。喪失感。無力感。絶望。虚無。

想像しただけで、胸が痛くなる。これだけでも痛みを感じるのだから、実際に木崎《きざき》を失ったと思っている諏訪《すわ》の心は、どれほどの苦痛に喘《あえ》いでいるのだろう。

できることなら、あの冷たくて優しい友達を救いたい。

榎田は、このところずっと諏訪たちのことを思い出しては胸を痛めていた。本当にあの二人が再び会える日が来るのだろうかと、そのことばかりを考えてしまうのだ。

諏訪の居場所は、わからない。その処遇は芦澤《あしざわ》に任されているが、仕立てたスーツを届けたあと、入院先の病院が変わってからは、一度も会っていない。榎田に居場所が知らされないのは、芦澤なりの考えがあるからだろう。

芦澤が何も言わないため、榎田も何も聞かない。言えないだろうことをわざわざ聞くのは、責めているのと同じだからだ。今は、黙っているほうがいい。

木崎が生きていたと知ってから、三カ月が過ぎていた。榎田は、相変わらず大下《おおした》とともにスーツを仕立てる日々を送っている。野口《のぐち》が起こした事件も、沈没していく船の中で死を覚悟したことも、全部嘘《うそ》のようだ。夢でも見ていたのかと錯覚しそうになるほど、今は当たり前の日常に身を置いている。

けれども、薄氷の上に建つ城のように、いつ崩れるかはわからない。それを恐れる気持ちがないわけではないが、不思議と思っていたほどの恐怖感はなかった。荒事とは無縁の生活を送ってきた榎田にとって、この状況は決して楽観できるものではないが、このことに関しては静かに構えていられるのだ。

榎田の心を煩《わずら》わせているのは、救われないままの友人のこれからについてだ。あの危うい友人のことを考えずにはいられず、こうして思い出しては表情を曇らせてしまう。

いずれ自分に降りかかる災難よりも、榎田の頭の中はそのことでいっぱいだった。

「ああ、駄目だ。今日はもうやめておこう」

時計を見ると、午後七時を過ぎていた。

今日は朝から仕事をしていたため、すでに目の疲れがピークに達している。再び集中力を取り戻すのは難しいと思い、今日の作業は諦《あきら》めて片づけを始めた。

スーツをマネキンに着せ、作業台の上の道具を棚の中にしまっていく。長年使い込んだ道具に対する愛着はスーツに抱く思いと同じで、テーラーという仕事に出合えたことに感謝せずにはいられなかった。テーラーだった父のおかげで、子供の頃から手縫いのスーツに慣れ親しんできたが、環境が違えばまったく別の人生を送っていただろう。芦澤との出会いも、ここで全部繋《つな》がっている。そう思うと、より強く感謝せずにはいられなかった。

「よし、これでいい……と」

片づけを終えると、作業場全体を見渡して何か見落としがないか確認する。部屋の電気を消そうとしたところで、電話が鳴った。

「もしもし?」

『弘哉《ひろや》か、俺だ。今から行く。十分ほどしかいられないが、時間ができた』

芦澤の声を聞いて、榎田は無意識に目を細めた。

会いに来る時はこんなそっけない言葉で始まるが、今はそれが心地好く感じるようになった。出会ったばかりの頃は、芦澤の傲慢《ごうまん》さになかなかついていけなかったが、今はむしろこんなふうに言われることになじんでしまっている。

「はい。待ってます」

『作業場だろう? 仕事はもういいのか?』

「集中できないので、今日はもう仕事は終わろうと思ってました」

『そうか。だったら遠慮はいらないな。あと五分で着く』

もう少し早く連絡をくれれば心の準備ができるというものだが、これも芦澤の策略なのかもしれない。そう思うと、抜け目ない恋人に完敗という気持ちになる。恋人という立場になって長いが、いまだに新鮮な気持ちを失わないでいられるのは、なぜだろう。これほど強く、誰《だれ》かを愛してしまうなんて、想像すらしていなかった。

自分の中に、これほどの熱情があることも……。

榎田は一度店に下りていき、ブラインドを下ろしてから芦澤のためにドアの鍵《かぎ》を開けたままにしてカウンターの中に立った。今日入荷した生地の伝票にもう一度目を通す。

日常の仕事をしていると、いつまでこんな日々が続くだろうかという思いが再び湧《わ》き上がった。ごく普通の、当たり前の日常。どこにでも転がっている、ごく普通の生活。

手放したくない。手放したくはないが、芦澤を失うよりいい。失わずにいられるのなら、どんなことにも耐えられる。しかし、そう願っても叶《かな》わないこともあるのだ。努力でどうにもならない現実というものが、襲いかかってくる時がある。

再び木崎と諏訪のことが脳裏をよぎり、榎田は表情を少しだけ曇らせた。これから恋人と会うというのに、心の中は複雑な気持ちでいっぱいだ。

その時、ドアの前に人の気配を感じて、榎田は顔を上げた。すると、芦澤が中に入ってくる。

「弘哉」

その姿を見ただけで心臓がトクンと鳴り、胸が締めつけられたようになった。いとも簡単に、感情を揺さぶられてしまう。

芦澤は店に入ると、ドアの鍵をかけて榎田のほうへ歩いてきた。伝票をしまってカウンターの外に出ようとしたが、そうする前に押し戻される。

「こんばんは、芦澤さん。コーヒーでも淹《い》れま……、——ん……っ」

いきなり唇を奪われ、榎田はくぐもった声をあげた。腰に回された腕が、力強く榎田を抱き寄せる。たったそれだけで、身も心も蕩《とろ》け、何もかも忘れてしまいそうになる。

「うん……、ん……、んぅ……、……んぁ」

何度も口づけられ、榎田も芦澤の首に腕を回した。堪《こら》えきれず、応《こた》えてしまう。

こうして求めてしまうのは、木崎と諏訪のように、いつ自分たちも引き裂かれるかわからないという思いがあるからだろう。触れ合うどころか会うことすら叶わない二人を思うと、より芦澤を求める気持ちが強くなり、抱きしめずにはいられなくなる。

次の瞬間には、失うかもしれない——そんな思いが、切実に求める気持ちを加速させていた。

「あの……、今日は……、……すぐに、帰るんじゃ……、……うん……、……んっ」

「ああ。十分だけだときつく言われてる」

「だったら……」

「言ってることと行動が違うぞ。今日は積極的だな。抱いてやる時間はないんだぞ」

「わかって……ます」

「だったら、どうしてこんなにしてる？」

すでに硬くなっている中心にスラックスの上から触れられ、榎田は羞恥《しゅうち》に身を焦がしながらも求めずにはいられない自分に手を焼いていた。これほど貪欲《どんよく》になったのは、いつからだろうか。芦澤と出会う前は、むしろ淡白だと思っていたのに、このところの榎田は自分でも信じられないほど芦澤を求めてしまう。

「黙秘しようとしても、躰《からだ》が白状してるぞ」

「だって……」

自分から仕掛けておいて、こんな意地悪を言う芦澤を恨めしく思いながらも、同時に魅力的に感じた。これ以上躰を熱くしてもオアズケになるだけだと理性を働かせようとするが、一度火のついた気持ちを止める術《すべ》は今のところない。

少しでも多く恋人の姿を瞳《ひとみ》に映していたくて、見つめ合い、口づけを交わす。何度も視線を合わせるが、巧みなキスに翻弄《ほんろう》されて目を閉じてそれを味わってしまう。どうしたらいいのかわからずにいると、顎《あご》に手をかけられ、上を向かされたまま闇《やみ》を思わせる色の瞳で見下ろされた。

こうして見上げているだけでも、胸が苦しくなるほどの想いが込み上げてくる。限られた時間を惜しむように見つめていると、芦澤は見透かしたように言った。

「何か心配か？」

「え……？」

「店に入った時、そんな顔をしていた」

隠していたつもりだが、こうもあっさりと見抜かれるなんて、どうして自分の恋人はこんなに鋭いのだろうと思う。隠しても無駄だ。

「それは……」

「あの淫乱《いんらん》弁護士のことだろう？　入院先を移動してからずいぶん経つが、お前からあいつのことを聞いてきたことは一度もない」

榎田は、言葉につまった。

芦澤の気持ちを考えて、その質問は口にしないでいた。自分が気遣わなければならないような相手でないとわかっているが、そうしてしまうのは好きだからだ。至極単純なことで、芦澤を想う気持ちが、榎田にそうすることを我慢させていた。

「言えるような状況になったら、芦澤さんから教えてくれるでしょう？」

「弘哉」

「だから、僕はただ待つことにしてるんです」

榎田の覚悟がわかったのか、芦澤は嚙《か》みしめるように言った。

「そうだな。いずれお前にも、詳しいことが言える時が来る。いずれな」

その言葉は、希望を呼んだ。

はっきりと言葉にされなくても、ちゃんとわかる。芦澤はこのまま諏訪を病院に軟禁状態で放置するつもりはない。一生その自由を奪い、苦しめることが芦澤の役割であろうとも、それが組長に下された命令であろうとも……。

自分の知らないところで、芦澤が諏訪をどうにかして自由の身にしてやろうとしているのがわかるからこそ、芦澤を信じていられるからこそ、待っていられるのだ。

「俺は、いつもお前に我慢ばかり強いてるな。我儘《わがまま》くらい言っていいんだぞ。聞き分けの悪いお前も見てみたい」

優しくこめかみにキスをされながら言われ、榎田は純粋に自分が何を望んでいるのか自問した。諏訪たちのこと以外で、芦澤に望むもの。

「……この時間が、ずっと続けばいいなって……思います。芦澤さんを、ずっと独占していたいです。ずっと……」

「相変わらず、欲がないな」

精一杯の我が儘のつもりで告白したのに、芦澤はそんなことかと言いたげな顔をしていた。芦澤ほどの男を独り占めするなんて、それこそ欲深い望みだと思うが、本人にしてみればそうではないらしい。

「心はすでに独占してるだろうが」

「芦澤さん……、……ぁ……」

「それに、お前が望むならできないことはないぞ。リムジンでも買って、改造させればいい。それなら、移動中に抱いてやれる。尻《しり》の穴がふやけて足腰立たなくなるまで、ずっと挿《い》れっぱなしでいられるぞ。お前の中に、何度だってぶち込んでやる。お前の体力がもてばの話だが」

最後は挑戦的な言い方をする芦澤に、榎田は頬《ほお》を赤く染めた。体力の限界まで芦澤に抱かれている自分を、つい想像してしまったのだ。

「どうだ？　いいアイデアだろう。これなら俺が忙しくても、お前を抱ける」

芦澤が言うと本当にやりそうで、榎田は期待にも似た甘い戦慄《せんりつ》を覚えた。

「疼《うず》いたか？」

揶揄《やゆ》され、素直に白状する。

「はい」

「じゃあ、今度用意させておく」

「そんな……駄目ですよ」

「俺を独占したいんじゃなかったのか？」

「したいです。でも……そんな……贅沢《ぜいたく》ですし、せっかくお金をかけてくれても、僕が仕事を休めないってこともありますし」

急に現実的な話をしたからか、芦澤がクスクスと笑いながら榎田の躰に火をつけていった。手が、そして唇が軽く触れるたびに、躰は小さく跳ねて反応してしまう。

「独占したいのは、俺のほうだよ。いつだってお前は、客のことを一番に考えてる」

「す、すみません……、……は……ぁ……」

「いいさ。お前から仕事を奪うなんてできないだろうからな。だが、いいアイデアは貰《もら》った。改造に時間はかかるだろうがな。楽しみにしておけ」

本当にそんなことをする気なのかと聞こうとして、すぐにやめた。自室のベッドルームの天井を鏡張りにする芦澤だ。リムジンの改造も、簡単にしてしまうだろう。

「ずっと抱いていてくれなんて言うお前が悪い」

その時、芦澤の上着の中で携帯が鳴った。

「俺だ。本庄《ほんじょう》か？」

「……っ、……ぁ……」

電話に出ながらも、榎田に施す愛撫《あいぶ》の手をとめない芦澤に翻弄されながら、電話の向こうに声が聞こえないよう呼吸を整えようとした。しかし、芦澤はそれを許さない。わざと聞かせようとしているのか、電話を耳に当てたまま首筋に顔を埋《うず》めてくるのだ。

困った恋人だと思いながら、肌をざわつかせる愛撫に息をあげる。

「ああ、わかってる。時間なんだろう？　だが、あと五分待ってろ」

木崎がいた頃から、何度もこの会話を聞かされた。時間がないと言いながら榎田のところへやってきて、予定の時間を大幅にオーバーしたことも幾度となくある。

「じゃあ、そっちは後回しにしろ。お前ならいい理由を考えつくだろう。そうすれば、あと一時

☆お買い上げ書店　　　　　　　　市区町村　　　　　　　　書店

☆アズ・ノベルズをなんでお知りになりましたか？

a.書店で見て　b.広告で見て（誌名　　　　　　　　　）　c.友人に聞いて

d.小社ＨＰを見て　e.その他（　　　　　　　　　　）

☆この本をお買いになった理由は？

a. 小説家が好きだから　b.イラストレーターが好きだから　c.表紙にひかれたから　d.オビのキャッチコピーにひかれたから　e.あらすじにひかれたから

f.友人に勧められたから

g.その他（　　　　　　　　　　）

☆カバーデザイン・イラストについてのご意見をお聞かせください。

☆あなたの好きなジャンルに○、苦手なジャンルに×をつけてください。

a.学園もの　b.社会人もの　c.三角関係　d.近親相姦　e.年の差カップル

f.年下攻め　g.年上攻め　h.ファンタジー　i.ショタもの

j.その他（　　　　　　　　　　）

☆あなたのイチオシの作家さんはどなたですか？

小説家（　　　　　　　　　　）

イラストレーター（　　　　　　　　　　）

☆この本についてのご意見・ご感想を聞かせてください。

ご協力ありがとうございました…………………………………………………

おそれいりますが
切手を
お貼りください

郵便はがき

101-0051

東京都千代田区
神田神保町2-4-7
久月神田ビル7階

株式会社 イースト・プレス
アズ・ノベルズ係 行

お買い上げの
本のタイトル

ご住所　〒

電子メールアドレス

(フリガナ)

お名前

ご職業または学校　年齢　歳　性別　男・女

アズ・ノベルズをお買い上げいただき、ありがとうございました。
また、ご記入いただきました個人情報は、企画の参考以外では利用することはありません。

間は余裕ができる」

『あと五分』を『あと一時間』に変えてしまう芦澤の傲慢さに、呆《あき》れた。無理な要望に従う舎弟たちの苦労が、想像できる。ここは自分が芦澤を本庄たちのところに向かわせるべきだろうが、そうするには躰は熱くなりすぎていた。

「許しが出たぞ」

「強引、なんですね」

「お前を抱きたいからな。限られた時間を俺に全部預けろ」

芦澤の言葉に、榎田は自分の中の欲望が理性の殻を破って溢《あふ》れ出す音を聞いた気がした。


時間を与えられた二人は、限られた時間の中で少しでもお互いの存在を感じようとするかのように、相手の衣服を剝《は》ぎ取っていった。

シャツ一枚にされた榎田はベッドに押し倒され、下から恋人を見上げる。何も身につけていない芦澤の肉体は、引き締まっていて見事だ。はだけたシャツの間から見える胸板に芦澤の視線が注がれているのに気づいて、感じた。突起を挟んで上下に二本ずつ。左右の乳首を貫通する計四本のそれは鞘《さや》のついた針のようでシンプルなデザインだが、それだけでも十分卑猥《ひわい》だった。

「今日は、やけに赤いな。もう発情してるのか？」

「だって……っ」

時間がないと思うとより躰は熱くなり、自らが出す熱で自分を焼いてしまうのではないかと思うほど、奥のほうからカッカしてくるのだ。血がマグマのように沸き立ち、榎田を狂わせる。

いつもはうっすらとピンク色をしたそれが充血したようになってしまうのも、仕方のないことだ。

「ぁ……っ！」

いきなり胸の突起につけられた専用のピアスを舌で弄《もてあそ》ばれ、もどかしさにどうにかなりそうだった。痛みか疼きかわからない感覚に、涙が溢れ出す。肌の下を貫く針の部分と舌に挟まれた肌は、敏感に快感を見つけてしまうのだ。

熱くて、息ができなくて、今にも気を失ってしまいそうだ。だが、求めずにはいられず、芦澤の頭を掻《か》き抱きながら、小刻みに躰を震わせていることしかできない。

「ちゃんと一日つけてたな？」

「はい。お風呂《ふろ》……以外、の時……は……っ、ぁあ……」

突起の感覚がなくなっていき、快感だけがそこを包み始めていた。腕を摑《つか》まれ、芦澤の上に乗るように促されて素直に従う。

「今日は、いいものを用意してある」

芦澤が取り出したのは、新しいピアスだった。今つけているのと似た十センチほどの長さのものだが、鞘の先端にダイヤを連ねた鎖がついていて、その先が本体に繋がっている。

乳首に装着されると、乳輪の下半分をダイヤの鎖で二重に囲むようになって恥ずかしかった。

それに満足したのか、芦澤は口許《くちもと》を緩める。

「よく、見せてみろ」

榎田は、恥じらいながらも自分の姿をその前に晒《さら》した。見てくれと、このいやらしい躰を瞳に映していてくれと、目で訴える。

「いい眺めだ」

ピアスの装飾が揺れて、キラキラと光っていた。ダイヤの鎖は、微《かす》かにではあるが、肌を刺激する。

「欲しい……、です……、早く……欲しい」

そう言いながらも、芦澤は眺めるのをやめようとはしなかった。

「俺もだよ、弘哉」

「して欲しけりゃ、可愛《かわい》くねだってみろ」

恋人の命令に従い、榎田は芦澤の両側に手をついて胸の突起を突き出した。ダイヤの輝きが、芦澤を誘っている。

「あ……っ」

ダイヤごと突起をむしゃぶられ、硬いものと柔らかい舌と両方の刺激に躰がいっそう熱くなった。まったく異なる二つの刺激を同時に与えられ、飴《あめ》と鞭《むち》で弄ばれる。

「んぁ……、あ……、……はぁ……っ、……もっと、舐《な》めてください」

「どんなふうにだ?」

ぶるっと躰が震えた。舌先で軽く叩《たた》かれただけでも、そこは敏感に快楽を拾ってしまう。それがわかったのか、今度は全体を包み込むように、平たくした舌で刺激を与えられた。

「はぁ……っ、……んぁ……っ」

頭を抱きかかえ、より上半身を反り返らせて乳首を突き出して芦澤の愛撫を貪《むさぼ》る。

尻を鷲《わし》摑みにされ、双丘を両側に広げられて蕾《つぼみ》を露《あら》わにさせられた。なんて恰好《かっこう》だと思いながらも、そこに伸びてくる指に期待せずにはいられない。今日は、どんな悪戯《いたずら》を施されるのだろうなんて思ってしまうのだ。そして、それは裏切られることはない。

想像していた以上のものを、与えてくれる。

「……はぁ……、……ぁ……」

「いい色になってきた。覚えがいいな」

「ぁ……、はぁ……ん、……んん……ぁ……あぁ……」

突起を舌先で弄ばれながら後ろにジェルを塗られ、榎田は徐々に熟れていった。熟した果実が芳醇《ほうじゅん》な香りを漂わせて、早く食べて欲しいと訴えている。太腿《ふともも》の内側に彫られた黒龍《こくりゅう》も、鮮やかに色づいていた。狂おしく悶《もだ》える榎田の肌の上で、唯一自分の主《あるじ》に触れていい相手を見つめている。お前なら許してやろうとばかりに、静観しているのだ。

「ここも、すっかり欲しがりになったな」

屹立《きつりつ》の先端から溢れる透明な蜜《みつ》は、早くこっちも弄《いじ》ってくれと訴える榎田の気持ちそのままに、たっぷりと滴を垂らしている。

「こっちは、今度してやる」

屹立を握られ、尿道に指先をねじ込まれて、甘い痛みに顔をしかめた。幾度となくここを苛《いじ》められた記憶が蘇《よみがえ》ってきて、今すぐにでもして欲しくなる。しかし、芦澤が今度と言った以上、オアズケになるだろう。してもらえないという気持ちが、欲望を刺激する。

「今日は、こっちだ。時間がないからな、どっちもなんて欲張ると、おろそかになっちまうだろうが」

「はい……、はい……、……ぁ……、んぁ……」

そうするしかないと、自分に言い聞かせるように何度も頷《うなず》くと、芦澤は「イイ子だ」と言って床に落ちていたスーツの上着から、また別のものを取り出した。

「持ってきておいて正解だったな。隙《すき》を見てお前のベッドの下に隠しておくつもりだったんだが」

革製の入れ物に入っていたのは、手に収まる大きさの機械だった。コードも見える。

「何……？　なんですか……それ……」

「心配するな。低周波だよ。ここに繋いで、少しばかり刺激を加えてやるだけだ」

そう言って芦澤は、三センチほどの小さなクリップをピアスの端に取りつけた。そしてすぐに、スイッチを入れる。

「ぁあ……っ！」

ビクンッ、ビクンッ、と振動がきて、榎田は掠《かす》れた声をあげた。肌の内側からの刺激はこれまで感じたことのないもので、あっという間に翻弄される。

「やぁ……っ、や……っ、んぁああ……っ、……はぁ……っ、やぁ……あ……」

細胞一つ一つが、歓喜していた。愉悦の波に呑《の》み込まれ、溺《おぼ》れ、這《は》い上がろうとしてもできない。装飾のダイヤにも振動が伝わっているらしく、それはより輝きを放っていた。

「や……、見ないで……くだ、さ……、見ないで……っ」

「こっちは、見て欲しそうだぞ。見られて、興奮するだろう？」

「言わないで……、言わな……で……」

スイッチを入れられるたびに、胸の突起が目に見えて反応しているのが、恥ずかしくてならなかった。以前より大きくなった乳輪は、よりふっくらと膨れ上がり、男のそれとは思えない様子になっている。女のものとはほど遠いが、男のものにしてはずいぶんと大きくて、榎田は自分が芦澤のために存在しているかのような錯覚に陥った。

「ぁ……ん、んっ、……んん……っく、ん……くぅ……っ」

さらに、もう片方の乳首にもクリップをつけられ、両方同時に責められる。唇を噛んで声を押し殺そうとするが、本音を隠し通すのは不可能だ。

「ん……、や……、やぁ……、……ぁあぁ……」

振動がどんどん強くなっていき、狂おしさのあまり、榎田は許してくれと懇願した。

こんな感覚は初めてだ。

「……とめて……、とめて、ください……、お願い、ですから……それ、……とめてください」

「本当に、とめて欲しいのか？」

「だって……だって……、……っく！」

流される低周波に強弱をつけられ、ギリギリまで追いつめられていく。

「お願い……しま……、おねが……い……、しま……」

何度も懇願していると、ようやくスイッチを切ってくれる。やっと許してもらえたと安堵《あんど》したが、それが間違いだったと、榎田はすぐに気づかされた。

「ぁ……」

刺激を与え続けられていたせいか、ビクビクと乳首の奥が疼いている。ダイヤが揺れているのは、そのせいではなく、単に呼吸しているからだろうが、本音は違うところにあると白状しているかのようだ。本当は、とめて欲しくなんてないのだと……。

「あっ、……はぁ……、ぁ……あ……、……はぁ……」

「どうした？　やめたぞ？」

揶揄の交じった言い方に羞恥心を煽《あお》られ、榎田は拗《す》ねた口調で言った。

「意地悪……」

震えながら零《こぼ》した言葉は、芦澤を悦《よろこ》ばせたらしい。

「それは、たっぷりしてくれという意味だな？」

「ぁあー……っ！」

いきなり『強』にスイッチを入れられ、榎田は悲鳴にも似た声をあげた。躰が内側から壊れていくようだ。何か、得体の知れないものに浸食されていく。

「んぁ……っ！」

さらに蕾に指を挿入されて、予想だにしていなかった事態に戸惑《とまど》い、開花していく。いつもは貞淑な堅さで自分を守っているが、唯一、恋人にだけはその花弁を開くのだ。そして、その奥にある濃厚な蜜を啜《すす》ってくれと、誘惑する。

「好きに……して、くださ……、もっと……目茶苦茶に……」

快楽に酔い痴《し》れ、夢中になっている姿を見られながら味わう禁忌の味は、それを口にする者を虜《とりこ》にしていた。ただ甘ったるいだけでなく、ほろ苦く、危険な毒を含んだ複雑な味だ。

「あぁっ……っ。あっ、あっ」

出しては挿れ、出しては挿れ、繰り返されていると濡《ぬ》れた音が耳に流れ込んできて、自分がいかに欲深く欲しがっているのか客観的に見せられているような気持ちになった。

芦澤の指に、むしゃぶりついているのがわかる。

「芦澤さ……、……欲しい……、で……す、……ほし……」

限界で、榎田は懇願した。自分の中に眠る陰獣が、雄々しくそそり勃《た》ったものが欲しくてたまらないと訴えている。今すぐ、犯してくれと啼《な》いている。

「いいぞ。俺に尻を向けてうつ伏せになれ」

「……っく」

言われた通りの体勢になり、美しい獣に喰《く》われる瞬間を目に焼きつけておこうと後ろを振り返った。尻をグッと摑まれ、あてがわれる。

「ぁ……っ、……っく、ぁあ、あ、――ぁあー……」

歓喜にも似た声をあげながら、榎田は芦澤の屹立を受け止めた。奥まで挿入され、身を震わせて芦澤を味わう。尻は、これが欲しかったとばかりに痙攣《けいれん》していた。芦澤を締めつけてしまうのを、どうすることもできない。

「そんなに、欲しかったのか?」

「んあぁ……、んぁ……っ、んあぁぁ……」

ずるりと引き抜かれ、また奥まで深々と収められ、揺さぶられるまま味わった。芦澤の腰つきと低周波の刺激に、前後不覚になる。

「どうした？」

「ん……く、……ぁ……っく、……ぁ……あ……」

わざと聞いてくる意地悪な恋人を恨めしく感じながらも、同時にそういったところを愛してしまったのだと痛感する。

「言ってみろ。どうした？」

「これが、ビクン……って、……なると……、……ぁ……っく、……や……ぁあ……っ」

声にならない榎田を見て、愉しんでいるのがわかる。

「じゃあ、もっと強くしないとな」

含み笑いとともに、これまでになく激しい刺激が襲いかかってきて、乳首が見てわかるほどに脈打ち始めた。内側から叩かれているかのように、ビクン、ビクン、と一定のリズムを刻んでいる。

「や……ぁ……、駄目……、だめ……、……だめ……っ」

緩めて欲しくて言ったのに、芦澤はその状態のままスイッチを手放してしまう。一番強い刺激を与えられながら、絶頂を迎えろというのか。

「あっ、あっ、ぁあっ、あっ、ぁあっ！」

「こっちはどうだ？」

ギリギリまで張りつめたものを握られ、すぐにでもイきそうになった。しかし、グッと強く握られ、阻止される。

「や……、も……」

「射精したいか？」

「した……い、……したい……です、……おねが……」

前も後ろも、全部責められて泣きそうだった。もう、自分の躰がどんな状態になっているのかわからない。こんなことをして大丈夫なのだろうかと思うが、動物のように貪ることを今さらやめることもできないと、わかっている。

「じゃあ、そろそろイかせてやる」

「——ぁあ……っ！」

両手で尻を強く摑まれ、いきなり激しく腰を打ちつけられた。犯すように、折檻《せっかん》するように、尻を叩かれる。肌と肌がぶつかり合う音が、自分の呼吸にシンクロして、この行為に深く溺れてしまう。

「ぁあ……っ、んぁ……っ、あ、あ、——ん、……んんっ」

絶頂がすぐそこまで来ると、シーツをきつく摑んで顔を埋めた。必死で声を押し殺すが、より激しい責め苦に、榎田は観念した。

「んぁ……っ、……も……、もう……っ」

許しを得た途端、堪えきれなくなり、自分を連れ去るものに身を任せる。

「イッていいぞ」

「……芦澤さ……、あしざわ……さ……、イクッ、……イク……ッ、——イク……ッッッ！」

下半身を痙攣させながら、榎田は白濁を零した。同時に、奥に熱い迸《ほとばし》りを感じる。

「——はぁ……っ、……はぁ……、……っ、……あっ」

脱力し、そのままシーツに倒れ込んだ。乳首の低周波が、イッたばかりで敏感になっている榎田には強すぎて、痛みすら感じる。すると、それに気づいた芦澤が、やっとスイッチを切ってくれた。まだ、刺激を与えられている感覚はあるが、それも少しずつ収まっていく。

「……ぁ……」

「よかっただろう？　予想以上の反応だったな」

耳元で囁《ささや》かれるが、返事をする余裕は残ってない。そうする代わりに、目の前にあった芦澤の手の甲に自分の手を重ねた。

ベッドが微かに軋《きし》む音に、榎田は閉じていた目を開いた。ほんの一瞬だが、眠ってしまっていたようだ。濃厚に愛し合ったあとの空気に身を委《ゆだ》ねながら、ワイシャツを拾う芦澤の背中を眺める。

許された時間の中で愛し合い、満たされた。欲深い自分が出てきて、もう少し……、と訴えるが、それをなんとか宥《なだ》める。

あと十分もすれば、本庄から電話がかかってくるだろう。これ以上、我が儘を通すのは、舎弟たちにとって酷なことだ。

「休んでていいんだぞ」

「いえ……。もう、行くんですよね」

久しぶりに会う恋人との時間はあっという間で、一秒でも長くその存在を感じていたくて、ベッドから降り、シルクのガウンを羽織った。そして、ワイシャツを着ようとする芦澤の背中にそっと触れる。

「これが好きか？」

「はい。すごく綺麗《きれい》です」

背中の刺青《いれずみ》に唇を押し当て、手のひらでなぞった。広い背中に刻まれた吉祥天が、慈悲深い目で榎田を眺めている。罪深い愛に堕《お》ちた男に抱いているのは、どんな思いなのか。

美しい背中だと思う。それは、肉体的なものだけではない。もちろん、引き締まった躰は見事だが、もっと別の美しさがある。

　潔さと言ったほうがいいのかもしれない。背負っているものが違うのだ。覚悟が背中に表れている。だからこそ、こんなにも美しく映るのだろう。いつまでも触れていたいが、あまりこうしているとからかわれそうで、榎田は名残惜しい気持ちになりながらも、芦澤の背中からそっと離れた。

「すみません、着替えの邪魔をして」

　ワイシャツを着るのを手伝い、落ちていたネクタイを拾ってそれを結んだ。甘ったるい空気に少しばかり羞恥を覚え、合わせた視線を逸《そ》らして窓辺へ近づいて外を見る。すると、いつもより物々しい雰囲気が漂っていることに気づいた。

　普段から番犬のごとく、舎弟たちがボディガードとして芦澤の周りを固めているが、いつもと違うものを感じたのだ。何が違うのかわからず、窓の外をじっと眺めながら聞いてみる。

「あの……組で何かあったんですか？」

「どうしてそう思う？」

「なんとなく、いつもより空気がぴりぴりしてるというか、よく説明できないんですけど……」

　目に見えて人数が増えただとか、そういったことではない。ただ、肌で感じるのだ。何か予感めいたものがある。自分でもなぜそんなふうに感じるのかは、わからない。

「気づいたか。さすがだな」

「え……」

ワイシャツの袖《そで》のボタンを留めながら、芦澤が窓辺へ来るのを見ていた。隣に立った芦澤の横顔に、何かピリリとしたものを感じ、思わず身構えてしまう。

「お前は優しいが、ただそれだけじゃない。あいつらも素人じゃないからな。堅気に簡単に気づかれるようなガードはしてないが、弘哉にはあいつらの放つ空気の違いがわかるのか？」

「芦澤さんを護《まも》るために、いつも何人かいるってことは知ってますから」

「それを差し引いてもってことだよ。本当にお前には、何度も驚かされる」

「買い被《かぶ》りすぎです」

「俺が惚《ほ》れた男だからな」

「そんな……」

「ただの雌犬なら、ここまで惚れ込んだりしない。自覚がないところが、またいい」

顎に手をかけられ、触れるだけのキスをされる。激しく抱かれるのも好きだが、こんなふうに軽く触れ合うだけでも満たされるのだから、自分はなんて幸せなのだろうと思う。

「また疼いたぞ、弘哉。どうしてくれる？」

唇を何度も押し当てられ、ようやく収まりかけた熱が再び上がり始めているのを感じた。ほんのわずかな触れ合いですら、敏感に反応してしまう。けれども芦澤は本格的に抱こうとはせず、戯れに榎田に火を放ちながら、話を続けた。

「ちょっと厄介なことになりそうでな」

「厄介な……こと、ですか……？　……っ」

不安を誘う言葉に、目を合わせる。芦澤の表情に余裕はあるが、厄介と言うくらいだ。決して楽観できる状況ではないのだろう。

「組長《おやじ》に隠し子がいるという情報が入った」

「え……」

心臓がトクンと鳴った。

「組長も愛人がガキを産んでいたことを、最近まで知らなかったらしい。本当に自分の子か確認させてるって話もある。未確認だが、最近組長の周りが慌ただしいのは気になる。おじきのことは覚えてるか？」

覚えている。

組長の命を狙《ねら》い、芦澤の仕業と見せかけてその失脚を企てた人物だ。舎弟頭という地位にいて、若頭である芦澤とは同等の地位にあった。組内部での勢力争いが水面下で行われていたが、いきなり仕掛けてきた。しかし、それは芦澤たちの手により、阻止され、失脚した。

まだ、木崎がいた頃の話だ。

「今はまだ詳細が明らかになってないが、おじきについていた連中が隠し子を祭り上げて、もう一度勢力争いに乗り出そうとしている動きもある。俺より若いという情報だ。息子というより、孫の年齢だろうな」

榎田は、胸騒ぎを覚えた。息子というより孫の年齢というのが、引っかかる。実際には息子でも、孫という感覚ならずいぶん違ってくる。

息子と孫では、抱く感情も違うだろう。それは、孫娘の優花《ゆうか》に対する桐野《きりの》組長の態度からも想像することができた。

極道も人の子だと思わせる唯一の人物が、優花だ。木崎が追いつめられ、諏訪が軟禁状態にある原因には、彼女も関《かか》わっている。彼女のせいではないが、結果的に優花が木崎に想いを寄せたことが、二人を追いつめるはめになった。

芦澤が上手くやらなければ、木崎は八つ裂きにされていただろう。それほど、桐野組長の優花に対する愛情は深い。また、高齢になってできた子を孫のように可愛がる親は多い。

これまで父親らしいことをしてこなかったという事実が、より隠し子に対する思い入れを強くするのかもしれない。

組長の息子はその度量がないと自ら身を引き、裏方に徹している。優花は女だ。男社会の中では、その土俵にすら立てない。

もし、密《ひそ》かに血を分けた相手に自分の跡を継いで欲しいと願っていたら、そして、隠し子に野心があれば、組の勢力争いが再び始まるかもしれない。

血の繋がった子供がいるのなら、やはり出世させたいというのが、人の心ではないのか。

また、争いごとが起きるのか——。

無意識に表情を曇らせてしまっていたのだろう。安心しろとばかりに、クスリと笑われる。

「本庄たちが情報収集してる。見えない敵ってのは、厄介だ。しばらくあいつらもぴりぴりするだろうが、弘哉は心配しなくていい」

「そうですね。何もわからない今は、対策を練ることもできないですし」

小さく頷き、焦るまいと覚悟を決めた。無駄な神経を使うだけで、いざという時になんの役にも立たない。忘れているくらいのほうが、ちょうどいい。

そう自分に言い聞かせると、芦澤が優しい目で自分をじっと見ていることに気づいた。何がそうさせるのかと思っていると、口許に笑みを浮かべてこう言う。

「お前は、本当に男らしいな」

「え……」

「待てる男ってのは、なかなかいないものだ。簡単そうだが、難しいんだよ。肚《はら》が据わってないと、待っていられずに先走りする」

乳首のピアスをシルクのガウンの上から弄られ、ぴくりと反応した。男らしいと言いながら戯れにそんなことをするなんて、憎らしい人だと思いながら、素直に躰を預ける。額に唇を押し当てられ、ジンとした熱さに唇を噛んだ。

「躰は俺に従うようになっているが、中身は逆だ。どんどん男らしくなっていく。俺ですら敵《かな》わない」

「か、からかわないでください」

「からかってなんかないさ」

「嘘ばっかり」

「弘哉。お前の躰は、俺が開発してやる。もっといやらしくなるようにな。男らしいお前の躰を、誰よりも淫乱にするのが、俺の愉しみなんだよ」

身を捩《よじ》りながら思うのは、もっとして欲しいという思いだ。

もっと苛めて欲しい。もっと弄って、嬲《なぶ》って、その言葉通りこの躰を誰よりも淫乱に、芦澤を悦ばせるための道具にしてくれたっていい。

「芦澤さん……、もう……行かなきゃ……いけないんじゃ……」

言うのと同時に、芦澤の携帯が鳴った。出なくても本庄からだというのは、わかっている。これ以上の我が儘はさすがに無理だろう。芦澤も榎田と同じ気持ちのようで、見ているだけで蕩けそうな男の色香を滴らせながら口許を緩めて言う。

「残念だがタイムリミットだ」

「じゃあ、また連絡してください」

「ああ、また来る。次はもっとすごいのを用意しといてやるから、心待ちにしていろよ」

最後にそんな言葉を残す恋人に、榎田は自分がまんまとその策略に嵌《はま》っているのだと、強く感じた。

そんなふうに言われたら、本当に心待ちにしてしまう。

けれども、それに嵌るのも悪くないということにも、気づいていた。


限られた時間の中で芦澤と貪り合った翌日、榎田は朝食を摂《と》ってからいつもの時間に店に下りていった。

カウンターやショーウィンドウを拭《ふ》き上げ、店の外を掃いたあと、水を撒《ま》いてから中に戻る。まだ少しだるいが、躰を動かしていると少しずつ調子が戻ってきた。店の準備が終わる頃には、仕事に支障が出ないくらいには回復している。

「いい天気だな」

ショーウィンドウの外に広がる青空を眺めたあと、榎田は階段を上がって作業場へと向かった。もうすぐ大下が出勤してくるが、先に仕事を始めていようと道具を広げる。

今、手がけているのは、榎田と同じくらいの年齢の男性のものだった。大学の頃に会社を立ち上げ、成功させている。羽振りはいいが成金っぽさはなく、気持ちのいい人だ。思いきりがよく、生地選びのセンスにそれが出ている。

作業を始めて少しすると、電話が鳴った。かけてきたのは、大下だった。

「大下さん。どうかされたんですか?」

『いえ、ちょっと腰を痛めまして……。もう少し早く連絡したかったんですけど、病院に寄ってからそちらに向かおうと思います。よろしいでしょうか?』

「もちろん構いませんよ。でも大丈夫ですか? 無理されるのもなんですし、あまり悪いようでしたら、今日はお休みされてもいいですよ。確か、お客様との約束は入ってなかったですよね?」

『はい。ですが、それほどひどくはないので、ちゃんと出勤します』

「そうですか。わかりました。でも、途中で悪くなったりしたら、電話してください。本当に無理はしないでくださいね」

心配する榎田に、大下は嬉《うれ》しそうに笑って大丈夫だと言う。

「それじゃあ、気をつけて」

電話を切ると、榎田は軽くため息をついた。

「大丈夫かな」

腰痛が出ることはこれまでにもあったが、最近その頻度が多くなっている。遠慮なく言ってくれていると思っていたが、実は榎田が思っている以上に悪いことも考えられるのだ。

本当に無理はしていないのだろうかと、にわかに気になってくるが、一人であれこれ考えても事実が変わるわけではないと、仕事を再開することにした。

作業台に戻り、再び手を動かし始める。

躰に疲れは残っていたが、仕事に集中することができた。テンポよく、針を入れていく。

いったんこうなると、榎田の集中力はなかなか切れない。周りの音が聞こえなくなることもしばしばで、下手すると来客のベルが聞こえずに、客を待たせてしまうことが何度もあった。常連はそれを知っているため、ようやくベルの音に気づいて榎田が下りてきた時には、笑顔で待っているといった具合だ。スーツを仕立てる作業は、自分自身と向き合っているのと似ている。

どのくらい経っただろうか。

榎田は人の気配に気づいて、作業の手を止めた。振り返ると、階段を上がったところに大下が笑顔で立っている。

「あ、大下さん。おはようございます」

「おはようございます。いい集中が続いていたようですね。私の足音も聞こえなかったようで」

「はい、今日は調子がいいんです」

「すみません。今日は突然お時間を頂いて」

「いいえ。遠慮なく言ってもらったほうが、僕も気が楽ですから。それより、腰の調子はどうですか？　また痛みが戻ってきたんですか？」

「ほんの少しです。ですが、治療は早めのほうが治りも早いですしね」

笑顔で言う大下を見て、安心した。特に腰を庇《かば》って歩いている様子もなく、作業台の椅子《いす》に座る動作もスムーズだ。

「ところで、相談したいことがあるのですが」

「はい」

改まってこういう言い方をされたことは今までになく、榎田は背筋を伸ばして大下のほうを見た。すると大下も、いつもよりかしこまった態度で言った。

「わたしがいつも担当させていただいているお客様なのですが、先日お直しに伺いましたところ、スーツを新調したいとおっしゃいまして。ですが、今は別のお客様のスーツを仕立てているところでして、おまけに腰がこの調子で、なかなか思うように仕事が進みません。ですので、あなたに担当していただけたらと……」

「はい。もちろん構いませんが、どなたです？」

名前を聞くと、二十年近く大下が担当している客だった。常連中の常連で、好みを知り尽くしているのはもちろんのこと、完成までの仕事の進め方など、大下にしかわからないこともある。基本は同じでも、個人個人に合わせたやり方というのがあるからだ。

それは、大下と客の間でこれまで行われてきたやり取りによるもので、言葉では説明できない、できたとしても実行することは難しいものだ。

強いていえば、あうんの呼吸とでもいうのだろうか。テーラーと客との間にも、そういったものはある。

「いいんですか？　ずっと大下さんが担当された方ですし」

「あなたが首を縦に振ってくれれば、これからお客様にご相談しますが、あなたの仕事ぶりは長年ご覧になっておられますから、きっとご了承いただけると思います」

「もちろん僕でいいなら、僕が担当します」

榎田の言葉に、大下はにっこりと笑った。

祖父のような大下にこんな顔をされると、安心する。

「あなたは、本当にいい職人に成長されました。わたしも安心して、長年のお客様をお任せすることができます」

「そんな……僕は、まだまだで……」

「いえ、そんなことはありませんよ。本当に、心から、そう思います」

嬉しい言葉だった。大下は、気休めの嘘は言わない。だからこそ、信頼できる。

榎田は、微笑《ほほえ》みながら小さく頷いた。

「お客様にも、そう思っていただけるようがんばります」

「お願いします」

「でも、大下さんが長年担当された方だから、ちょっと緊張しますね」

その言葉に、大下は優しく笑った。

もちろん、どの客のスーツも持っているすべての技術を駆使し、心を込めて仕立てているが、人間は機械ではない。職人によって特徴のようなものは出てくる。品質の善し悪しという意味ではなく、ほんのわずかな縫い方の違いのようなものだ。

客の好みを知り尽くした大下でしかできないアドバイスもあるに違いない。上手くやらなければ、客に余計なストレスをかけてしまうことになる。

「あなたの仕立てるスーツは、きっと満足していただけると思いますよ」

「はい」

「じゃあ、わたしも仕事にかかりましょうかね。よっと」

大下はそう言って立ち上がると、作業途中のスーツを取ってきて目の前に広げ、仕事を始めた。見ているほうまでもが背筋が伸びるような空気を一瞬にして作り上げる大下は、腰を痛めていることなど微塵《みじん》も感じさせない。一緒に仕事をしている榎田さえ、時々忘れてしまうくらいだ。

長年この仕事をともにしてきて、その存在がいかに大きいのか改めて気づかされる。

自分も大下のような職人になりたい。父という道しるべを早くに失い、職人として見本にしてきた榎田だからこそ、その偉大さもよくわかる。

しかし、ふと頭に一つの疑問がよぎった。

このところ大下は仕事をセーブしている。腰痛が出るようになってから、無理をしないで欲しいという榎田の言葉を守り、具合が悪い時などは遠慮せずに相談してくれるのだ。それは、榎田も歓迎していることだ。無理をしてもらいたくないし、今でもこうして大きな戦力として活躍している。

だが、このところ仕事量を調整することが多くなった。ここ最近、新規の客はほとんど榎田が担当している。

もしかしたら、引退を考えているのかもしれない。

大下の引退——。

その言葉が、榎田の心に重く圧《の》しかかってくる。

ずっとその背中を見てきた。職人として尊敬し、仕事の面だけでなく、すべてにおいて手本となる存在でもあった。父が亡くなってから、特に大下の存在は榎田にとって心強いものだった。もし一人だったら、ここまで順調にいかなかっただろう。

（その可能性もあるんだ……）

いつかはそういう日が来るだろうとは思っていたが、まだ実感したことはなかった。ずっとずっと遠い日のように感じていた。けれども今、それが遠くない日に現実となるかもしれないのだとわかった。

頭ではなく、心でそう感じている。

（そうですよね、大下さん。もうずっと、うちで働いてもらってますもんね）

いつまでも続くと思っていた日常が、ふいに終わる日が来るかもしれない。それは、芦澤との関係だけではなく、大下とこうして作業場で仕事をする日常も同じだ。

もっとスキルを磨かなければならないと思った。

これまで以上に仕事に真剣に取り組み、もっと経験を積み、もっといい職人にならなければと思った。もっと喜んでもらえるものを、もっと満足してもらえるものを――。

静かな情熱が、まだ若い職人の心の奥を熱くする。

その時、店のほうでベルが鳴った。来客を知らせるカウンターのベルだ。

「あ。僕が行きます」

榎田は、急いで一階に下りていった。

「いらっしゃいませ。あ、川原《かわはら》様」

立っていたのは、年配の女性だった。手にスーツ専用のケースを提げている。

「こんにちは、榎田さん。相変わらず、ここは静かでいい店ね。布の匂《にお》いがして、落ち着くわ」

「ありがとうございます。そう言っていただけると嬉しいです。ところで、今日はどうされたんでしょうか？」

「実はね、主人のスーツなんだけど、タバコの火で焦げ跡がついてしまって。仕立ててもらったばかりだというのに……」

申し訳なさそうに言う夫人に、榎田は笑顔で応えた。

「では、拝見します」

スーツを受け取り、その箇所を確認する。

小さなものだが、上着のポケットのあたりに明らかにそれとわかる焦げ跡がついている。生地の色味も薄いため、修復しなければ着られないだろう。夫人も、改めて焦げ跡を見て残念そうに顔を曇らせていた。

「主人も気に入ってたのに、がっかりして。直るかしら」

「ええ、大丈夫です。ご心配されなくても、きちんと修復できます」

「そう、よかった。本当、気をつけるよう言ってるのよ。タバコは躰にも悪いし、できるだけやめるよう言ってるんだけど……」

頬に手を当てて困った顔をする夫人を慰めるように、榎田は優しく言った。

「今はタバコを吸える場所も限定されているところが多いですし、お吸いになる方もずいぶん減りましたからね」

「でしょう？　それでもやめないのよ。困ったわ」

「でも、スーツからタバコの移り香がしたことはございません。いつも奥様がきちんと手入れされているのがわかります。ご主人も、安心してお吸いになっているのかも」

「あら、そう言ってもらうと嬉しいわ。でもね、主人はそんなこと全然気づかないのよ。わたしが苦労してるのもきっと知らないんだから」

「年配の男性は、そういったことはあまり口にされないですから。でも、きっと奥様に感謝されていると思います。きっと気づかれてますよ」

榎田の言葉に、夫人は嬉しそうに笑って「ありがとう」と言った。

「どのくらいで修復していただけるかしら」

「そうですね。二、三日いただければ……」

「じゃあ、お願いね」

「はい、かしこまりました。修復が済みましたら、こちらからご連絡して、ご自宅にお届けします。では、こちらにサインをお願いします」

預かったスーツをハンガーラックにかけ、預かり証と万年筆を手渡す。

「お時間がございましたら、コーヒーでもお淹れしますが」

「ごめんなさい。今日はこのあとお友達と約束があるの。あ、そうそう。ここのコーヒーって、近くの喫茶店で豆を買ってるんでしょう？　どこにあるのかしら」

「すぐ近くにございます」

「じゃあ、行ってみようかしら。お友達とゆっくりお茶できるお店を探してるの。ホテルのラウンジもいいけど、この時間は混むのよね」

榎田は、名刺の裏にいつもコーヒー豆を届けてくれる店までの地図を書き、預かり証の控えを入れた封筒とともに夫人に渡した。

「あら、ありがとう」

「軽食も美味《おい》しいのでぜひ」

夫人を店の外まで見送ると店に戻り、預かり証を専用のファイルに入れてから予定を書き足した。そして、ふと手を止めてもう一度引き出しを開ける。ゆっくりと手を伸ばし、パンフレットを取り出した。

引き出しの中に大事にしまってあったのは、二カ月ほど前に貰ったイタリアのテーラーメイド協会が主催する交流会イベントへの申込書だ。イタリアの生地を仕入れた時に、生地と一緒にメーカーから送られてきた。

スーツといえば歴史・伝統のある英国と言われるが、イタリアもまた大きな影響をその歴史に与えてきた。英国がスーツのルーツなら、現代のファッションに育て上げたのはイタリアだと言っても過言ではない。格式、伝統などを重んじるイギリスと違い、ファッション性を多く取り込み、発展させた。イタリアのスーツをより深く知ることによって、プラスになることも多いだろう。

また、英国のスーツは生地が厚めでかっちりしたものが多いが、イタリアの生地は比較的薄手のものが多く、日本の気候にも合っている。価格にしても、イタリアの生地のほうが若干安く、若い男性がテーラーメイドスーツを仕立てるハードルは下がる。

日本のテーラーも世界で通用するレベルにあり、国を超えた取り組みをするために、今回は日本人も招待されている。四日間の日程で行われるテーラーのためのイベントは、老舗《しにせ》ミルの見学や若いテーラーを集めたパーティなどが予定されている。パーティではテーラー同士の交流もできるが、イタリアの有名なテーラーが招かれていて、スーツ作りに関する話をする予定になっていた。

仕事を調整すれば、日本を四、五日離れても支障はない。行こうかどうか迷っていたが、行くなら今しかない。

大下引退の可能性が、迷っていた榎田の背中を押した。

（今からでも、間に合うかな……）

申し込みの締め切りまでは、まだある。日程ギリギリまで募集しているが、いざ行くとなるとパスポートの発行など、準備に追われることになるだろう。仕事を調整するとなると、さらにやることは増える。

それでも、行きたい。

榎田は、自分の気持ちを確認すると二階に上がっていった。

「あの……大下さん。僕も、ちょっとご相談があるんですけど」

大下は、作業をとめて顔を上げる。

「はい、なんでしょう」

「実は……」

榎田は招待状を見せ、三泊五日のミラノ行きについて相談をした。


「そうか。ミラノか」

ミラノ行きが決まって十日。

高級ホテルの一室で、榎田は芦澤とともにいた。窓の外に広がっているのは、美しい夜景だ。

芦澤が榎田のために押さえた部屋だが、実質十五分ほどしか一緒にいられない。ほんの少し話をするためにわざわざ部屋まで取らなくていいと言ったが、芦澤はこういったことに関してはいつも勝手だ。もう部屋は取ったと言われ、客のところに採寸に行った帰りにここまで来た。

「しかし、急だな」

「ずっと迷ってたんですけどギリギリ間に合ったみたいで、参加できることになりました。日本を離れるのは五日ほどですけど、急だったから本当にバタバタして……」

「連絡が取れないと思ったら、そんなことだったか」

「すみません」

「ほら、こっちに来い」

手のひらを上にして手招きされると、榎田はソファーに座っている芦澤の隣に腰を下ろした。すぐさま肩に腕を回される。それ以上は仕掛けてこないが、こうして軽く触れ合い、その存在を近くに感じていられるだけでも、心臓が落ち着かなくなる。

芦澤はこれから二週間ほど多忙になるため、イタリアに行く前に会えるのはおそらく今日が最後になるだろう。お互い仕事を持つ身だ。いったん仕事が忙しくなると、会えない日が続くことも多い。

「あのじーさんもとうとう隠居か」

「まだ決まったわけじゃ……。でも、ここ最近の体調を考えると、いずれはそうなるかもと思って、今のうちに本場の工場をこの目で見てみたいんです。大下さんがいなくなったら、これまで以上に店を空けるのは難しくなるでしょうし、いい刺激にもなりますから」

「まぁ、仕方ないな。スーツのことばかり考えてる奴を恋人にしたんだ。そのくらいのオアズケは仕方ない。楽しんでこい。楽しんで、またいいスーツを仕立ててくれ。俺もまた新調したいからな」

肩に回された芦澤の手が、戯れに耳たぶを触り始めた。やはり、まったく仕掛けてこないなんて芦澤にはありえない。時間がない時にこんなことをされれば、欲望の火種を植えつけられたまま自宅に帰るハメになる。健康な男には、つらい。

だが、それが目的だろうこともわかっている。本当に意地悪な恋人だ。

その時、チャイムが鳴った。ルームサービスだろう。ドアのところで会話する声が聞こえ、ワゴンを押しながら岸谷《きしたに》が部屋に入ってくる。

「コーヒーが来ました」

あまりこういったことには慣れていないようで、テーブルにワゴンの角をぶつけ、ソーサーの中にコーヒーが少し零れた。

「ありがとうございます。すみません、わざわざこんなことまでしてもらって」

「いえ、別に……仕事ですから気を遣ってもらわなくてもいいです」

ぶっきらぼうな言い方をする岸谷の顔を覗《のぞ》き見ると、不機嫌そうな表情をしていた。自分の尊敬する芦澤が、男を恋人にしていることが納得できないといった様子だ。

男社会と言われる極道の世界で生きているのだ。いまだに認めてもらえないのも当然だと思うが、あからさまに嫌われていると思う態度を取られたことはこれまでになく、どう接していいのかわからない。

「岸谷」

「はい」

「お前も、たまにはスーツを仕立ててみたらどうだ？　安物を着回してるだろう」

「どうせ汚れます。俺は躰使うことのほうが多いですから」

「だが、俺の恋人がテーラーだってのに、スーツに頓着《とんちゃく》しないのも問題だな」

意図してなのか、ただ単に話の流れなのか、あらためて男である榎田が自分の恋人だということを強調するような言葉に、居心地が悪くなった。

「スーツになんて興味ないですし、そんな金もありません」

「スーツ手当くらいやるぞ。なぁ、弘哉。イタリアのスーツはこいつに似合うと思わないか」

「そうですね。岸谷さんは、英国スタイルより、イタリアスーツのほうが似合いそうです」

岸谷と目が合ったが、やはりいい感情は抱かれていないと思える視線を向けられた。お世辞なんて必要ないと言いたげだ。だが、本気でそう思っているから言ったのだ。

知的な本庄とまったく逆のタイプで、野性味溢れる岸谷にはファッション性の高いイタリアスーツが似合いそうだ。格式を重んじる英国スーツに比べ、セクシーな印象のあるイタリアスーツは、岸谷のような若くて野性的な男性をより魅力的に見せる。

体格もいい。

けれども興味はないらしく、岸谷は黙ったままだった。

相変わらず無愛想で、この男が喋《しゃべ》るところをあまり見たことがない。本庄も無口であまり喋らないが、岸谷はまたちょっと違う。岸谷は不機嫌そうで、嫌われているような気さえするのだ。怖いというイメージもまだあり、苦手意識を拭《ぬぐ》うことはできない。

「あ、あの……岸谷さんはコーヒーは飲まれないんですか？」

「舎弟が若頭と同じテーブルでコーヒーですか」

「そうですよね。……すみません」

思わず謝ってしまい、言葉は出なくなった。岸谷は部屋の隅に移動し、両手を後ろで組んで立ったまま動かなくなった。

「あいつが怖いか？」

「え？」

「あの顔だからな。少しは愛想よくしろと言ってるんだが、口で言ってどうなるもんでもないらしい。なぁ、岸谷」

クク……、と笑いながらコーヒーカップに手を伸ばし、岸谷をじっと見ながらそれを口に運んだ。榎田の淹れるコーヒーの味に慣れているからか、あまり満足そうな顔をしない。

「弘哉の淹れたコーヒーのほうが旨《うま》いな。岸谷、酒はないのか？」

「このあと、大事な仕事があるんです。控えてください」

きっぱりと言う岸谷に、芦澤は軽く笑った。

「ああ見えて、あいつはお前をちゃんと認めてるんだよ」

「そんな……」

「岸谷は昔気質《かたぎ》だからな、俺の恋人が男だってことを、まだ受け入れられないんだよ。若いのに頭が固い。だが、認めてはいる。ただ、どういうふうに接していいかわからないだけで、お前がただの雌猫だって思ってるわけじゃない。それに、虎《とら》と格闘した男だぞ。認めないわけがないだろうが」

あの時のことを、いまだに『虎と格闘』と言ってからかう芦澤に、顔を赤くした。

格闘したわけではない。ただ、芦澤の殺害を目論《もくろ》んでいた男の用意した恐ろしい余興の中で、猛獣の餌《えさ》にされる危機に遭遇しただけだ。逃げただけで、用意されたライフルで仕留めることもできなかった。

今思うと、あんなことが本当に自分の身に起きたなんて、信じられない。

「あれは……」

膝《ひざ》に手が伸びてきて、内側の敏感な部分をゆっくりと撫《な》でられた。思わず、部屋の隅に立ったまま二人を眺める岸谷に目を遣《や》る。

「あの……今は……」

「いいんだよ、このくらい。見せてやれ」

「駄目です」

手を退《ど》け、姿勢を正す。

わざと岸谷に側《そば》にいるように仕向けたのは、本庄だ。普段なら部屋の外でガードするが、今日は絶対に遅刻できない相手と会うらしい。桐野組長の隠し子の件もまだ全体が見えていないようで、そのことでごたごたしているのは聞いている。

いつも五分だ十分だと時間を延ばし延ばしにする芦澤への、対抗策だろう。

この前は一時間もオーバーした。予定を変更させ、舎弟たちを待たせて榎田を抱くのだ。そんな時は、いつも以上に躰が熱くなってしまう。

申し訳ないという気持ちもあり、芦澤を欲しがってしまうどうしようもない自分との間で、榎田はいつも翻弄される。

「弘哉。我慢がすぎると躰によくないぞ。今日は泊まりに変更してもいい」

「——若頭」

ぶすっとした口調で言う岸谷に、榎田は慌てずにはいられなかった。加勢したほうがいいかと思うが、そんな必要などないというように、岸谷はすぐに続ける。

「今日は絶対に遅れられないですから、予定は変更しません。若頭。あいつの苦労も少しはわかってやってください」

「お前が俺に小言か。めずらしいな。本庄とはいつもいがみ合ってると思ってたが」

「すみません」

それきり、岸谷は口を噤《つぐ》んだ。本当に無口で無愛想な男だと思うが、心から芦澤を慕い、尊敬し、ついていくと決めているとわかる。

「俺はギャラリーがいても構わないが」

「だ、駄目です。今日はちゃんと言いつけを守ってください」

「何が言いつけだ。舎弟の言いつけを聞く幹部がどこにいる」

「じゃあ、僕の言いつけってことで。今日は絶対に時間を守ってください。芦澤さんはそうやっていつもみんなを困らせて……昔からそうです。木崎さんだって……」

言いかけて、榎田はハッとなった。

その反応を見た芦澤は、榎田が故意に木崎や諏訪の話をしないようにしていたと確信したようだ。優しげな目をし、頬に手を伸ばしてくる。

「そうだな。俺の目付役はいつも苦労する。それも仕事だ。まぁ、今日はおとなしくしてるか」

「はい」

小さく頷くと、乳首のピアスを弾《はじ》かれて躰が小さく跳ねた。

「……ぁ……っ、何するんですか」

「弘哉。空港に行く時は、外すのを忘れるなよ。つけたままだと、金属探知機に引っかかって空港職員の前で、これを外さなきゃならない。そういうのもいいが、俺が見られる時でないとな」

悪戯っぽく笑われ、榎田は頬が熱くなるのを感じた。

忘れないようにしなければ。

最近はずいぶんと慣れてきて、飾りのないシンプルなものは、つけていても違和感があまりなくなった。芦澤の言う通り、うっかりなんてことになれば探知機で引っかかって全身を調べられるかもしれない。

「若頭。そろそろ時間です」

岸谷の言葉に、芦澤は渋々といった態度で立ち上がった。

「イタリアから戻ったら、覚えてろよ」

耳元に唇を寄せて囁かれ、榎田はその時のことを想像してしまった。先日、乳首をさんざん責められて身悶えた記憶は、躰にしっかりと刻まれている。

「行ってくる」

「はい。気をつけて。僕も、行ってきます」

「それから、これを持っていけ」

投げて渡されたのは、携帯だった。

「海外に行くなら、電話する時はこいつを使え」

わずか三泊五日の旅行のために、携帯を新しく契約するなんてさすが芦澤だ。もしかしたら、盗聴器や発信器のようなものがまた仕込まれているのではないかと思い、しげしげと見つめていると、芦澤が笑いながら自分のほうを見ていることに気づいた。

「変なものは仕込んでない。単に連絡が取りやすいようにだ」

考えを見抜かれていたことに顔を赤くし、小さく言う。

「ありがとうございます」

「じゃあな」

ふ、と笑いながら部屋を出ていった芦澤の表情は、榎田の心をざわつかせ、いつまでも消えなかった。

2

空港に降り立った榎田は、初めて足を踏み入れるミラノの地に心が躍った。海外旅行などほとんどしたことがなく、新鮮な気分だ。毎日コツコツ仕事をする日々に不満はないが、やはりこういった刺激も時にはいい。

結局、あれから芦澤に会うチャンスはなく、ホテルで十五分ほど話をしたのを最後にミラノに来てしまった。もう一度会いたかった気もするが、日本を離れるのはたったの五日間だ。今はこの旅を満喫することにした。手荷物受取所で自分のスーツケースを受け取ると、ゲートを潜《くぐ》って外に出る。

（わ、いい天気だ）

まるで日本からの客を歓迎するかのように、晴れ渡った空が広がっていて、榎田は思わず空を仰いで大きく息を吸い込んだ。空気までもが、ミラノの香りがするような気がして、自分がめずらしく浮き足だっていることに気がついた。

諏訪や木崎のことがあってから、いつも心の隅に小さな翳《かげ》りがあった。つい先日は、桐野組長に隠し子がいたことが発覚し、また組の中が荒れるかもしれないと聞かされた。ずっと心に不安や懸念、憂いを抱えていたと言える。

けれども、せっかくここまで来たのだ。この旅行中は、それらのことは忘れて自分のことだけを考えようと思った。イタリアのスーツはもちろんのこと、歴史や文化に触れ、これからの仕事に生かしたい。スーツのことだけを学ぶのではなく、一見まったく関係のないことでも体験したい。

それはいずれ、スーツ作りにも役に立つだろう。

（ごめんなさい、芦澤さん。そして木崎さん、諏訪さん。僕は、イタリアにいる間は、自分のことだけを考えます）

心の中でそう呟《つぶや》き、旅行を楽しもうと気持ちを切り替える。

「えっと……ここからホテルへは……っと」

招待されたとはいえ、日本からのツアーではなく現地集合のため、ホテルまでは一人で行動しなければならなかった。事前にどうやってホテルまで行けばいいのかシミュレートはしてきたが、いかんせん何もかもが初めてで戸惑いも多い。

「あ、あった」

タクシー乗り場への案内表示を見つけ、スーツケースを引きながらそちらへ向かう。空車のタクシーを見つけると、窓をノックしてホテルの名前を言い、地図でその場所を指した。そこへ行って欲しいとジェスチャーで訴える。英語は通じないが、観光客がよく使うホテルのようであっさり伝わった。

場所はわかるらしく乗れと合図され、スーツケースをトランクにつめ込んで後部座席に乗り込んだ。

「ジャポネーゼ？　ミオクズィーノシー、ジャポネーゼ！」

「えっと……はは、すみません。えっと……アイムソーリー、アイキャントアンダースタンド」

英語は通じないとわかっているが、ついつい出てしまう。

陽気な運転手は、榎田がイタリア語をまったく理解していないことは気づいているようだが、そんなことは関係なしに話しかけてくる。愛想笑いしかできないが、時折鼻歌交じりにマシンガンのごとく喋る運転手と接していると、内容などどうでもよくなってきた。

今回の旅行を楽しめと言われているようで、先ほど心の中でした小さな決心は、間違いでない気がした。

「スシィ、スキィヤーキ、アキハーバルァ！　ハッハッハッハ！」

聞き取れる単語からすると、日本に親戚《しんせき》か友達がいて、日本になじみがあるという内容のことを話しているようだった。日本贔屓《びいき》なのだろうと思う。ホテルに到着する頃には、すっかり友達のようになっていた。

支払いを済ませ、タクシーを降りてホテルの中へと入っていく。

しょっぱなから個性的な人と出会い、表情が緩んでいた。一人だというのに、気がつけばニコニコしてしまう。他人から見たら変だと思い、表情を引き締めて持ってきた予定表を出して時間を確認する。

「えっと……今、一時だから……あと三時間くらいは自由にできるのか」

テーラーメイド協会が主催するパーティは、午後五時からだ。着替えや移動の時間を考えて余裕を持ったとしても、ホテルの部屋に籠《こ》もるには時間がありすぎる。

どこかで食事でもしようと、ガイドブックを取り出したところで、一人の日本人男性がこちらをじっと見ていることに気づいた。年齢は榎田と同じくらいだろうか。知り合いが偶然居合わせたのかと思うが、まったく見覚えがない。

けれども、すぐに同じパンフレットを持っていることに気づいた。イタリアのテーラーメイド協会から今回の交流会の参加者へ送られてきた予定表だ。男性は笑顔で近づいてきて、榎田のパンフレットを指差して言う。

「あの、もしかしなくても、俺たち同じ目的で来てますよね？」

「ええ。ほぼ間違いなく。テーラーの方ですよね？　今回、イタリアのテーラーメイド協会から誘われてツアーに参加してる……」

「はい。今日ミラノに到着しました。もしかしたら、同じ飛行機だったかも」

飛行機の便を確認すると、やはり同じ便に乗っていた。しかも、榎田の席の斜め後ろだ。ホテルまで同じだなんて、面白い偶然だと言い合って笑う。

「俺、土井《どい》といいます。長崎で修業中なんです。今日は勉強のために、仕事の休みを取って参加しました」

「僕は榎田といいます。父がテーラーで、今は父の後を継いで店をやってます」

「すごい。もう自分の店を？」

「自分の店といっても、父がいたからこそで、父の代からずっと働いてくれているベテランの職人さんもいるので、なんとかやってるという感じで」

「それでもすごいですよ。いいなぁ、自分の店かぁ」

同じ日本人というだけでなく、テーラーという職業もあって二人はすぐに打ち解けた。年齢も近く積極的で物怖《ものお》じしない土井の態度も、榎田の心を開かせた。

イタリアの地に降り立って出会った初めの二人が、どちらとも社交的なタイプだというのは、まるでこの旅行が楽しいものになると暗示しているようで、期待に胸が膨らむ。

「榎田さん、イタリアは初めてですか？」

「はい。土井さんは？」

「俺は学生の頃に一度来たことがあります。その時にイタリアスーツに惚れ込んで、それでテーラーを目指すようになったんですよ。でも、ただの旅行だったし、言葉は全然」

土井はガイドブックに載っている『覚えていると役に立つイタリア語』というページを開いて

指差し、苦笑いする。榎田は自分も似たようなものだと言って笑顔を見せた。

「榎田さん。夜まで何か予定ありますか？」

「いえ、特には」

「じゃあまだ時間ありますよね。お昼まだだったら、一緒にどうです？」

「ええ、ぜひ。イタリアは初めてなんで、誰かと一緒なら心強いです」

「俺もです。じゃあ、ここは二人で手を取り合って協力するってことで」

「そうですね」

そうと決まると、二人は三十分後にここで落ち合うことにし、フロントでチェックインしてからそれぞれの部屋に向かった。土井の部屋は三階で、榎田は四階だ。

榎田の部屋は廊下の突き当たりにあり、すぐにわかった。

「わ、結構広いなぁ」

部屋に入ると、まず持ってきたスーツをクローゼットの中に入れた。そしてスーツケースを開けてすぐに必要なものはないか簡単に見たあと、ベッドの下にしまい、設備のチェックをする。

部屋の広さは十分にあるが、シャワーの出があまりよくなかった。だが、フロントを呼ぶほどのことではなさそうだ。アメニティの類《たぐい》も、一応ひと通り揃《そろ》っている。窓の外を見ると、さっきタクシーで通ってきた通りがよく見えた。

（本当にミラノに来たのか……。大下さん、お店一人で大丈夫かな）

心配しているのは、このところ頻繁に出るようになった腰痛のことだ。榎田がいる時は急な休みも可能だが、いないとなると多少無理はするかもしれない。体調が悪い時は、無理に店を開けずに臨時休業にしていいとは伝えているが、大下が果たして言う通りにしてくれるだろうか。そうでなくとも、作業中に来客があり、急いで階段を下りることもあるだろう。

やはり店は休業にしたほうがよかったかもしれないとも思うが、そのぶん作業ができないことになる。急なミラノ行きにつき合わせて、大下の仕事のペースを乱すのも問題だ。

かといって、家に仕事を持ち帰らせるわけにもいかない。

結局、大下に甘えるしかなかったのだと思い、あれこれ心配するのはやめようと店のことは考えないことにした。自分なんかが心配せずとも、大下なら何かあっても無理せず対応できると自分に言い聞かせる。

「あ、もうこんな時間だ」

約束の時間が迫ると、榎田はパスポートなどの貴重品を持ってロビーに下りていった。土井はすでに待っていて、ソファーに座って行き交う旅行者たちを眺めている。

「すみません、土井さん。お待たせしてしまって」

「あ、いえいえ。早く下りてきただけですから」

具体的な予定は何も立てていないため、隣に座ってガイドブックを開く。

「移動はどうしましょうか？」

「移動はトラムっていう路面電車があるんで、それ使いましょう」

「乗車券はそのへんの売店でも売ってるみたいですね。一日券ってのもありますけど、何時間有効っていうのもあるみたいです。それにしましょうか？」

「そうですね。夜からパーティだし、それのほうがいいですね。昼は何か食べたいものありますか？　俺、実は行こうと思ってる店があるんですけど、榎田さん特に何もなければ、そこに行きません？」

目を輝かせる土井を見て、かなり楽しみにしていたとわかり、思わず笑いたくなる。正直なタイプのようだ。榎田が断れば、悪気はなくとも残念な気持ちが顔に出るだろう。

「ええ。申し込みから今日まで時間があまりなくて、食事する場所まで探してくる余裕がなかったから、土井さんにお任せします」

「じゃあ、行きましょう！」

社交的だけでなく活動的な土井は、立ち上がると榎田の手を引っ張っていきそうな子供っぽい笑顔を見せた。最初の印象より、ずっと若く見える。

それに釣られて、榎田も足取り軽く土井のあとについていった。

ホテルを出た榎田たちは、売店で六時間有効の乗車券を買い、トラムで移動していた。ミラノの街を眺めながら移動するだけでも、いい刺激になる。

「榎田さん榎田さんっ。なんかすごい建物がありますよ。真っ白な建物。すごい！」

「あ、本当だ。あれでしょ、ミラノ大聖堂！」

観光をするつもりはなく、観光名所がどのあたりにあるかなど詳しく調べてこなかったため、偶然それを目にした榎田は、その大きさと存在感に圧倒された。

歴史的な建造物は、重ねてきた時間というオーラを纏《まと》っており、どこか威厳を感じる。こういったものが、街の中に建っていることに感動を覚えた。近代的な建物よりも、歴史あるものに心惹《ひ》かれる。榎田がまだ生まれる前からその場所にあり、時代の流れを静かに眺めていた。

大事にされ、修復を繰り返したおかげで朽ち果てずに今も生き続けているのだ。ただ雨風に晒されていたら、今はその形をとどめていないだろう。

それは、スーツにも通じることだ。使い捨てではなく、大事に手入れしながら長年使われてきたものには、手をかけてきた人の気持ちが宿る。だからこそその寿命は延び、十分に役割を果たしてから、静かに物としての生涯を終えることができるのだ。

「やっぱり存在感がありますね」

「ですよね〜。何か訴えかけてくるものがあるっていうか……まさかこんな近くを通るなんて思ってませんでした」

「土井さんも観光はしないつもりだったんですか？」

「はい。榎田さんもみたいですね。観光名所がどこにあるかなんて全然調べてこなかったから、突然の出合いに興奮ですよ」

お互い似たようなものだと笑い、建物の向こうに『ミラノ大聖堂』が隠れるまで、二人で窓に貼《は》りつくようにして眺めていた。それが視界から完全に消えると、前を見て座り直す。

「あ、そうそう。明日からのスケジュールって、結構詰まってますよね」

「ええ。仕事もあるから、このくらいタイトな日程のほうが助かります。実は、参加しようかどうか迷ってたんですよ。でも、三泊五日ならなんとかなると思って。ギリギリになって申し込みしたんです」

「俺もですよ。なんとか休みを取れる日程だったし。あ〜、楽しみだな」

「そうですね」

今日は夕方からパーティがあり、自分の仕立てたスーツを着ての参加が基本だ。そこには有名なテーラーが招かれていて、イタリアスーツのことやこの業界のことについて三十分ほど話をすることになっていた。また、日本人のいるテーブルには通訳もついていて、若いテーラーたちが気軽に話ができるように配慮されている。

さらに明日はミラノ郊外の老舗ミルを訪れ、工場の見学だ。

実際に生地ができあがっていく工程を見るのも、いい刺激になるだろう。見学したあとは、生地の買いつけもできる。イタリアのテーラーたちにとっても、新作の生地をいち早く入手するチャンスだ。ここで生産された生地すべてが日本に入ってくるわけではないため、榎田たちにとってはより大きなメリットになる。

「パーティからは通訳もつくみたいだし、なんとかなりそうですね」

「ええ。イタリアの若いテーラーの方とお話しできるそうですし、いろいろ勉強になることも多そうです」

「みんなどんなスーツを着てくるんだろ。楽しみですよね。榎田さんのもどんな感じなのか、早く見てみたいです」

「僕もです。土井さんの仕立てたスーツ、楽しみにしてます」

二人は、顔を見合わせて笑った。そして、外を見た土井が慌てて立ち上がる。

「あ、ここだ！　ぼんやりしてましたよ。降りましょう！」

「はい」

急いでトラムを降り、地図を見ながら歩く土井についていく。

路地に入ると、高い建物に挟まれているため日陰になっていて、今までと少し雰囲気が違った。石畳はどこか危険な匂いがする。海外旅行などほとんどしたことのない榎田にとって、日本とは治安の面で事情が違う場所というのは、少しドキドキする。ちょっと悪そうな外国人とすれ違うだけでも、警戒してしまうのだ。

もし、今が夜なら、怖くて歩けなかったかもしれない。

「街も雰囲気ありますよね。なんだか、自分が外国にいることが信じられません。海外旅行なんてほとんどしたことなくて……」

「俺も初めて海外旅行した時は、結構ドキドキしましたよ。イギリスだったんですけど、到着したのが日が暮れたあとで、強盗に遭うんじゃないかって思って外国人とすれ違うだけでも緊張してました。外国は危ないってすり込まれてたもんで」

「でも、そのくらい警戒心があったほうが、僕たち日本人はちょうどいいかもしれませんね」

「おおっぴらにガイドブックを手にして歩くのも、本当はよくないんでしょうけど。……っと、このあたりにあるはずなんだけど」

目的の店はまだ発見できないようで、土井はガイドブックとあたりを見比べていた。地図を見るのは苦手のようで、しきりに首を傾《かし》げている。

それもそのはず。代わりに地図を見てみると、地図は合わせる方角が百八十度違っていて、目的の店は土井が見ている路地とは逆の方向だった。

「あっちじゃないですか？　この通りがこっちだから、地図はこう……」

「本当だ。俺全然違う方向見てましたよ。あっ、あった！　榎田さん、あそこです！」

店は路地を二ブロック行った先にあった。穴場というだけあり、あまり目立つ場所ではないが客は多く、賑《にぎ》わっている。漂ってくる香りも食欲をそそるもので、榎田は朝からほとんど何も食べていなかったことを思い出した。

飛行機の中では、仕事の疲れがたまっていてほとんど眠っていたため、機内食も食べずじまいだ。ピローを持ってきて本当によかったと思ったが、お腹はかなり空《す》いている。

店内に入ると、通りに面した席に座った。テーブルに設置してあるメニューを手に取る。

「なんにしましょうか？」

「イタリアといえばピザかパスタ。あ、ミラノなら、ミラノ風カツレツとか？」

「あ、いいですね。実は今まで食べたことないんです」

「本当ですか。じゃあ食べなきゃ。俺結構食べますけど、やっぱり本場のを味わわないとね」

イタリアンの定番で日本でもイタリアで修業したシェフの店は多いが、本場に来たのだからやはり一度は食べなければと、イタリアでの最初の食事はミラノ風カツレツを注文した。

しばらくすると、大きな皿を持ったウェイトレスがやってくる。

「わ。大きい」

「軽く顔くらいの大きさはありますよね。でも叩いて薄く伸ばしてあるから食べられますよね」

早速、レモンを搾ってナイフとフォークを手に取る。ナイフを入れるとサクサクといい音がして、肉も思ったより柔らかくて簡単に切れた。大口を開けて、イタリア最初の料理を頬張る。

「んっ！　美味しいです」

衣はほんのりとチーズの香りがして香ばしく、肉もジューシーだった。レモンの爽《さわ》やかな香りが、料理全体の味を引き締めている。よくミラノ風カツレツを食べるという土井も満足らしく、満面の笑顔でフォークを口に運んだ。

「そうそう。こちらのデザイナーで、新しいブランド立ち上げた人知ってます？　今回の交流会にも来るんでしょう？」

「あ、はい。知ってます。まだ若いデザイナーですけど、すごく才能あるみたいで」

「同じ雑誌見たんですかね。自分と歳《とし》はそう変わらないのに、すごいなーって思います」

「クールな色使いで、イタリアスーツの中でもまたちょっと違った感性がありますよね」

「榎田さんもそう思います？」

やはりテーラー同士ということもあり、スーツのことになると熱く語り合ってしまう。同じ情熱を持った者同士、気が合わないわけがない。

榎田は父親の下でスーツの勉強をし、父が他界してからは大下とともに仕事をしてきた。どちらもスーツに対する愛情は深く、静かな情熱は持っているが、若者には若者独特の熱というものがある。

土井と接していると、まさになんでも吸収しようという貪欲な情熱が感じられ、榎田は今までにない刺激を受けていた。美味しいものを食べながら、自分の好きなものについて語り合う――こんなに贅沢なことがあるだろうか。

「じゃあ、そろそろ出ましょうか？」

土井と熱く語り合ったあとは、地元のテーラーメイドスーツ専門店に向かった。

外からショーウィンドウに飾られているスーツを見て回るだけのつもりだったが、ある店で店主らしい初老の男性が出てきて、中に入るよう言われる。スーツを仕立てる時間はないと、テーラーメイド協会のチラシを見せながら身振り手振りで伝えると、日本から来たテーラーに興味を示した。むしろ喜んで歓迎するという態度で、二人を強引に中に誘《いざな》う。

予想外のことに戸惑ったが、勧められていくつか見本のスーツを見せてもらう。本場の職人が仕立てたイタリアスーツは洗練されていて、英国式と並んでスーツのもう一つの主流とも言えるイタリアスーツのよさに直《じか》に触れることができた。裏地の素材や柄など、イタリアならではのセンスを感じるもので、手に取って見られたことは大きな収穫だ。

途中で客が入ったきたのだが、常連なのか、店主が二人を日本から来た若いテーラーだというようなことを伝えると、客のほうも嬉しそうな笑顔を見せながら榎田たちと握手し、肩を叩く。

どうやら、がんばれと言っているようだ。

深々と頭を下げて礼を言うと、男性は日本式の感謝の挨拶《あいさつ》を真似《まね》てお辞儀《じぎ》をし、榎田たちに別れを告げる。

いい出会いだった。言葉は通じなくても、同じテーラーというだけでこんなにも好意的に接してくれるのだ。

「ラッキーでしたね。飾られてあるスーツを外から見られればと思ってたけど、まさか中に入れてもらって、いろいろ見せてもらえるなんて」

「ええ、本当に」

「じゃあ、そろそろ会場に向かいましょうか」

「そうですね。少し早めに……」

言いかけた時、二人組の女性が近づいてきて、何やら榎田に話しかけてきた。どうやら時間を聞いているようで、しきりに自分の手首を指差している。英語で時間を言ったが、通じなかったらしく、何度も同じ動作を繰り返す。

「えーっと、すみません。ご自分でどうぞ」

思わず日本語で話しながら、直に見るよう腕を差し出す。すると、彼女たちは時計を覗き込み、笑顔になった。ありがとうというようなことを言いながら軽く手をあげて立ち去る。

「英語通じませんでしたねぇ」

「ええ。英語ってどこに行っても通じそうですけど」

「でも、なんだかフレンドリーな人たちでしたね。ボディタッチが多くて、一瞬、榎田さんをナンパするのかと思いましたよ。榎田さん、真面目《まじめ》そうだし、肉食系の女の人なんかにぺろっと食べられそう」

土井の言葉に、榎田はハッとなった。ボディタッチなんて、された覚えはない。

LoLopiana
Hi♥

榎田は、ポケットの中身を確かめた。

「どうかしました？」

「あ、いえ……、……っと。パスポートと財布はあるし……、あれ、電話……」

「携帯ですか？」

「ええ。ポケットに入れておいたんですけど。それに、さっきの人にボディタッチもされた覚えないです」

「え。でも、なんかお尻のあたりに手をやってたから……って、つまりさっきの人たち、スリってことですか？」

女性二人組の歩いていったほうを見たが、もうその姿はなかった。顔を見合わせ、今の二人の目的が時間を聞くことではなかったと、ようやく気づく。

「追いかけましょう！」

榎田が走り出すより早く、土井は二人を追い始めた。すぐさま続くが、どこを捜しても二人の姿はなく、完全にその行方を見失う。

「あ～……、駄目か。くそ、なんなんだよ」

慣れた手口から、自分たちで捕まえるのは無理だとわかった。観光客を狙ったプロだろう。

「とりあえず、僕は警察に行ってきます。土井さんは先に会場へ向かってください」

「そんな、つき合いますよ。まだ時間には余裕もありますし、あまり早く会場についても手持ち無沙汰《ぶさた》になりそうだし、榎田さんが一緒にいてくれるほうが俺は安心なんですけど」

「すみません。じゃあ、つき合ってもらってもいいですか?」

申し訳ないと思いながらも、土井の厚意に甘えることにし、二人で警察署へ向かった。


警察に届けを出したあとパーティに参加した榎田は、土井とエレベーターで別れると八時過ぎに部屋に戻った。小さなため息を一つ零し、ルームキーをテーブルの上に置く。

先ほどまで賑やかな空間にいたからか、この静けさがことさら身に染みた。朝からいろいろなことを一度に経験したせいか、現実味がなく、どこかふわふわしている。

ホテルのフロントに、メッセージは預けられてなかった。盗られた携帯について何か新しい情報が入っていれば、警察からホテルに連絡がきて榎田に伝わるようになっている。だが、被害に遭ってまだ数時間しか経っていないことを考えると、進展がないのも仕方がない。

しかも、ここは日本ではないのだ。そう簡単には見つからないだろう。このまま返ってこない可能性も大きい。

「せっかく芦澤さんが用意してくれたのに、初日で盗《と》られるなんて……。どうして気づかなかったんだろう」

　相手が女性二人組だったことが、油断を誘った。気をつけていたつもりだが、やはり異国の地に来て浮き足だっていたということなのか。

「電話、どうしよう」

　日本とイタリアの時差は約七時間。日本は深夜ということになる。ごく普通のサラリーマンなら寝ている時間だが、芦澤にとってはまだ活動している時間帯だ。

　電話しようか迷い、思い留《とど》まる。そしてベッドに仰向けになり、天井を眺めながら今夜のパーティでのことを思い返した。

　パーティでは自分の仕立てたスーツを着ての参加だったが、イタリア人テーラーが八割を占めていたため、会場は華やかな雰囲気だった。テーラーだけでなく、主催者や他の参加者たちも自分用にあつらえたものを身につけていた。躰にフィットしたものが、いかに美しいラインを作り出すのか目の当たりにし、スーツのよさをあらためて実感したのは言うまでもない。

　細身の人も、恰幅《かっぷく》のいい人も、スーツに着られることなく自分のものにしている。

　スーツは、決して堅苦しいだけの男の戦闘服ではない。特にファッション性に溢れたイタリアスーツは、そう感じさせられる。

　ようやく落ち着いてきていた気分が再び高揚し始めるが、榎田はそれに抗《あらが》おうとはせず、今日の経験を自分に刻むように今夜のことを一つ一つ辿《たど》っていく。

情熱を感じる若きテーラーたちの話——。

通訳を通して、夢中で彼らの話を聞いた。スーツを愛する人がこんなにもたくさんいることに、感動した。日本人同士の交流もできたが、思ったほど来ておらず、こんなチャンスは滅多にないのに勿体《もったい》ないと思った。

同時に、もっと日本でもテーラーメイドのスーツを広めたいとも……。

それは常々考えていることだが、今日は特に強く感じた。榎田がギリギリの申し込みにもかかわらず参加できたのは、スーツを仕立てる文化が十分に根づいておらず、テーラーの数も少ないからだと思うと複雑な気もする。

今回のミラノ行きは、大下の引退を考えてのことで、その準備と言ってもいい。これから一人になり、一人で店を切り盛りしなければならない。

もちろん、これまでのスタイルを守ることは大事だ。だが、これから十年、二十年と店を守り続けなければならないのだ。贔屓にしてくれている客は高齢の人も多い。仕事を辞めてスーツを着る機会が減れば、店に足を運ぶ機会も減る。それは、どうしようもないことだ。

今は忙しく仕事をしていられるが、ずっと先までそうだという保証はない。大下という頼りになる職人が減るぶん請け負うことのできる仕事の量も限られてくるが、若い人たちにもスーツのよさをわかって欲しいということは、前々から思っていたことだ。

「僕もがんばろう」

焦らず、地に足をつけ、なおかつ新しい試みもしていきながら店を守る。これからの大きな課題だと思うと、ますますやる気が出てくる。

「がんばろう」

噛みしめるように何度も言ってしまうのは、早く日本に戻って仕事がしたい気持ちを抑えられないからだ。明日からの日程も楽しみだが、同時に自分の仕事場に戻って作業をしたいという思いもある。

しばらくそうしていたが、ふと時計を見て、また芦澤に電話しようかどうか迷う。

高揚した気分から、抜け出せそうになかった。イタリア人テーラーたちとの交流は、大きな刺激となって榎田の職人魂に火をつけ、今もその心を熱くしている。

このままでは、眠れそうにない。まだ初日だが、今日あったことや感じたことを、誰かに聞いてもらいたい。

いや、誰かではなく、芦澤にだ。芦澤に聞いてもらいたいのだ。その声が聞きたい。

携帯を盗られたことを言わなければならないと思うと少々気が重いが、気持ちを抑えきれなくなり、榎田は部屋の電話を使って日本に電話をかけた。

出てくれるといいが……、と思いながら待っていると、すぐに応答がある。

『弘哉か？』

「あ、芦澤さんですか？」

『どうした？』

「起きてましたか？」

『ああ、まだ活動中だよ。今は本庄の運転する車で移動しているところだ。それより、ホテルの電話でかけてるのか？』

携帯からでないことにすぐに気づいた芦澤に、まずそのことを謝らなければと、事情を話し始める。

「実は……芦澤さんに貰った携帯を盗まれてしまって……。ごめんなさい。せっかくこのために買ってくれたのに、初日になくしてしまうなんて」

『なるほど。だからホテルの部屋から国際電話か。まぁいい。それより、怪我《けが》はなかったか？』

「はい。ひったくられたわけじゃないので。時間を聞かれたんですけど、どうやらその時にスられたみたいで……。でも、全然わからなかったです。僕は平和ボケしてるんですね。貴重品に関しては気をつけていたつもりだったんですけど。イタリアってスリも多いって聞きますけど、まさか自分が初日にターゲットになるとは思ってなかったです」

その言葉に、芦澤が小さく笑ったのが聞こえた。

『平和ボケ？　弘哉がか？　さんざん危険な目に遭ってきて、平和ボケはないだろう』

「え……」

『お前ほど危険な目に遭ったテーラーは、日本にはいない』

艶《つや》のある声でからかわれると、頬が染まる。

『それで、どうだった？　今日あったことを俺に話したいんだろう？』

電話越しでも、榎田の心が今どんな状態にあるのかわかっている口振りだった。

驚きだ。芦澤には、いつも驚かされる。声だけで、ここまでわかってしまうものだろうかと思いながら、嬉しいのと少し恥ずかしいので心臓がトクトクと速くなる。

「どうして、わかったんですか？」

『最初、声が浮ついていた。俺のやった携帯をスられたってのに浮かれてるのは、いい旅をしているということだ。刺激を受けたな』

芦澤の言う通りだった。

携帯をなくしたことは残念で、本当に悪いと思っているが、そんな気持ちを打ち消してしまうほどの経験をした。刺激を受けた。

「すごくいい刺激になりました。夜のパーティまでの空き時間に街を回ったんですけど、店の方がすごく親切で、日本から来たテーラーだと知っていろいろ見せてくれて。本当に勉強になりました。パーティでも、イタリアの職人さんたちといろんな話ができました」

『そうか。貴重な経験をしたな』

「はい。みんなスーツが大好きな人たちばかりで、スーツに対する情熱を持っていて、本当に刺激になりました。僕もがんばって、みんなに負けないようないいスーツを仕立てたいって。仕事ができないのがもどかしいくらいです。あ、それから明日と明後日《あさって》は工場を見学するんです。前から見たいと思ってたんですけど、僕の店でもよく扱う生地がどうやってできるのか、実際に見られるなんて本当に楽しみです」

『そうか。それはいいな』

「はい。明日行く工場は老舗ミルで、本当にすばらしい生地が揃っているんです。まさか、自分が実際に行けるなんて思ってなくて……」

自分ばかりが一方的に話している自覚はあったが、わかっていても止められない。胸の高鳴りをぶつけるように、次々と湧き上がる情熱を言葉にする。

「だって、いつも扱ってる商品ですよ。本当にわくわくします。それに、今回は見学だけじゃなく、新作の生地を買いつけることもできるんです。日本には入ってこない生地も買いつけられるので、それも楽しみです。芦澤さんに似合いそうなものがあれば、必ず買ってきますね」

ひとしきり話をするとようやく興奮が収まってきて、なんとか自分をコントロールできるようになった。

「あの……すみません。僕ばかりはしゃいでしまって」

『いいさ。お前がスーツの話をする時は、いつも子供みたいにはしゃいでるぞ。俺に話して、少し落ち着いたか』

「はい。なんとか。……すみません」

恥ずかしくなり、もう一度謝ると、芦澤は榎田を苛めるようなことを口にする。

『それより、ピアスは外していったんだろうな』

「あ、はい」

『今も外したままか?』

「はい。バタバタしてたから、つける暇がなくて」

予定が詰まっていて、装着する暇などなかった。スーツケースの中には入っているが、今日はまだ出してすらいない。

『じゃあ、つけてみろ』

「え。今、ですか?」

『ああ。今だ。お前がそれをつけるところを想像するから、つけてみろ』

声のトーンに、色っぽさが交じった。芦澤が仕掛けてくる時は、いつもこんな雰囲気を纏う。

スーツに対する情熱を吐き出してようやく気持ちは落ち着いてきたが、気持ちの昂《たか》ぶりから来る体温の上昇はまだ完全に収まっていない。今、煽られたら、この熱はすぐに情炎へと変わるだろう。芦澤は遠くにいるのに、煽られてしまったらどうしたらいいのだろうと思うが、断れないこともわかっていた。

そして、このタイミングで仕掛けてきたのが作為的だということも。

『どうした?』

「あの……今、取ってきます」

一度受話器を置き、スーツケースの中からピアスの入ったケースを出すと、それをサイドテーブルに置く。再び受話器を耳に当てると、榎田はワイシャツのボタンを外していった。

『準備はできたか？』

「はい」

『じゃあ、まずネクタイを取ってワイシャツのボタンを外せ』

命令されると、心臓が高鳴り始める。

何を期待しているのだと、自分のことながら恥ずかしくなるが、止められない。小さな胸の高鳴りをじっと噛みしめながら、ネクタイを緩めて引き抜き、ボタンを一つ一つ外していく。衣擦《きぬず》れの音が聞こえているのだろう。

芦澤が、ふと笑ったのが聞こえた。

『外したか？』

「はい」

『どんなふうになってる？』

「あの……」

『どんなふうになってる？』

答えにつまり、また小さく笑われる。

『言えないか?』

「だって……」

『まぁいい。じゃあ、触ってみろ。まず、自分の指を舐めて、唾液《だえき》をたっぷりつけて弄るんだ』

言われた通りにし、軽く息があがった。芦澤の声を耳元で聞かされながら自分で弄る行為は、なんだかとても卑猥な気がしてならない。

『唾液でたっぷり濡らしたら、ピアスを装着しろ』

「はい」

榎田は、鞘の部分を外してから一本ずつゆっくりとピアスを通していった。肌の下をピアスが通っていく感覚に、唇を噛む。痛みに対して身構えてしまうが、本当の痛みは来ない。

『四本とも通したか?』

「はい」

『いいぞ。お前が恥ずかしそうにしながら自分で乳首を摘《つま》んでる姿が、目に浮かぶ』

声が笑っていて、榎田は芦澤に攻められる快感に全身が震えた。

芦澤に苛められる。苛められたい。

けれども、どんなに躰を熱くしても、芦澤は触れてはくれないのだ。触れられない場所にいるのだ。今、その気になっても自分で宥めるしかない。芦澤を欲しがる獣は、信じられないほど貪欲で情熱的で、榎田の言うことなど聞きやしない。

わかっているのに、従ってしまう。このままでは、自分で自分を慰め、淫《みだ》らな行為に身を投じてしまうだろう。

『赤くなったか？』

「あの……少し」

『じゃあ、もっと赤くなるように、指で摘んでピアスをねじってみろ。軽くでいい』

言われた通り、榎田は突起の上からピアスを摘んでねじってみた。芦澤に開発されて敏感になっているのか、たったそれだけでも息があがる。

「……ぁ……っ、……はぁ……、……ぁ……あ……、……ん」

吐息が熱を帯びていた。ゆっくりと深呼吸しながら、さらに軽くこねるようにして刺激を与える。

『乳首が勃ってきただろう。乳輪も膨らんでるはずだ』

わざわざ言葉にして言う芦澤が憎らしいが、言う通りだった。突起が尖《とが》り、乳輪はふっくらとなっている。もう、誰にも見せられない。特別におかしい形とは言えないが、榎田本人が人前に晒せなくなっている。

こんな恥ずかしい躰になってしまったなんて、どうしたらいいのだろうと思う。

こんな恥ずかしい躰を、どう扱えばいいのかわからない。

持て余してしまう。

「芦澤さん……」

『俺としたくなったか？』

「……はい」

『じゃあ、帰ったらたっぷり可愛がってやる。前に約束したものも、急いで用意させてるところだ。楽しみにしてろ』

「約束……？」

『リムジンだよ。改造を急がせる。完成したら、街中で抱いてやるぞ』

その時のことを想像し、濡れた。

車の中で、街中を走りながら芦澤に抱かれる。きっと、外の喧噪《けんそう》が聞こえるだろう。ドア一枚隔てた向こうに、往来がある。

「ぁ……っ」

『想像して感じたか？　そろそろ両手で自分を嬲ってみろ』

その言葉に従い、サイドテーブルの電話をベッドに引っ張ってくると、受話器を枕《まくら》の上に置いて耳を当て、再び自慰を始めた。

『いいぞ、弘哉。もっと乱れてみろ』

「ん……、ぅん……、……んっ」

躰をくねらせ、欲望の赴くままに己の躰を嬲り、辱める。

「ぁあ……芦澤さん……、変……です……、……すご……く、……変な……」

『先端を弄ってみろ。尿道口を指先で撫でるんだ。滴が溢れてきただろう』

「あっ」

軽い痺《しび》れが走った。何度も、ここを弄られた。綿棒やブジーを挿入され、今はすっかり芦澤の思い通りに感じることができるようになった。

ここに、異物を挿入して欲しい。

『俺の手を想像しろ。ブジーをやっただろうが。あれを挿入されるところを想像して、想像だけでイッてみろ』

芦澤の手を思い出した。大きくて男らしく、表情のある手だ。それが、とんでもなく卑猥な行いを自分に仕掛けてくることを、知っている。身を以《もっ》て思い知らされた。

大胆で繊細な愛撫は躰が覚えており、記憶を頼りに芦澤の手がここにあることを想像する。

『どうだ？』

「駄目……、駄目……っ」

小さな切れ目にあてがわれるブジーは、特別に作らせたものだ。細工が施されているものもあり、あれで中を擦《こす》られるとたまらなく疼く。特に、媚薬《びやく》の成分が入ったジェルを垂らされると、それが尿道から吸収され、より熱くなれる。

想像の中では、どんな淫らなこともできた。けれども現実には、ブジーも媚薬の成分の入ったジェルもなく、あるのは自分の手だけだ。もどかしくて、足りなくて、だからこそ欲望はより大きくなる。

「ぅん……ん……っ、んん……ぁ……あ……、……ぁああ……、や……っ」

『いいぞ、弘哉。いい具合に熟れてきたな』

「はぁ……あ……、……ん……、……んぁ……ぁあ」

身をグッと反り返らせ、胸の突起を天井に向けて突き出しながら、より強い刺激を求めた。信じられないほど、躰が欲しがっている。

「ぁあ……芦澤、さん……、……はぁ……、……ん、……んぁ……ぁあ……、あっ、あっ」

自ら指を舐め、唾液で濡らして突起を擦る。

『指でノックしてみろ。そうすると、お前は驚くほど感じるんだぞ』

そんなこと、知らなかった。芦澤に抱かれている時は前後不覚になっていて、自分が何をされた時にどんな反応をするのかなんて、覚えちゃいない。

言われた通り、濡らした指先で突起を叩いた。

「あっ、あっ、あっ！」

叩くたびに、びくんっ、びくんっ、と躰に甘い痺れが走り、榎田は夢中で握った屹立を擦りながら小さな切れ目に指先をねじ込んだ。両手を使い、芦澤が与えてくれる愉悦に少しでも近づこうとして、夢中で自分を嬲った。

『いいぞ。イきそうなんだろう?』

「……ぁあ……ぁ……っ、……イき……そ……、……ぁあ……、イき……そ……です……」

『いいぞ。出しちまえ』

「ん……ぁあ……、……ぁあー……」

下腹部を激しく震わせながら、榎田は絶頂を迎えた。

一気に高みに上りつめた榎田は、放心状態で天井を眺めていた。呼吸が少しずつ落ち着いてきたところで、囁かれる。

『どうだった? よかっただろう?』

「……はい、……すごく……」

『日本に戻るまで、躰を疼かせていろ。そうすれば、お楽しみが増える』

帰ったら、してもらえる。前も後も、全部、してもらえる。今自分がしたことを、芦澤にしてもらえる。

恋人の言葉により、再び欲望が頭をもたげた。やっと収まってくれたと思ったのに、また一から味わいたいと貪欲に舌なめずりしている。

「芦澤さんの……意地悪」

憎らしくてならず、思わず本音を零すと、ますます愉しげな声が聞こえてくる。

『苛めるほど色づくのが、お前だ。お前がそんなだから、俺もつい調子に乗るんだよ』

その時、電話の向こうで誰かが芦澤を呼んだ声がした。おそらく本庄だろう。車で移動中だったことを思い出し、本庄がいるところで淫らなやり取りをしてしまったことを反省した。

榎田の声は聞こえていないだろうが、電話で芦澤に煽られて異国の地で一人遊びに耽《ふけ》ったことは知られてしまっている。

『人と会う約束をしてる。もう行かなきゃならない』

「芦澤さんの……意地悪……」

『困ってるのは、俺のほうなんだぞ』

どういう意味かと聞こうとして、すぐにわかった。

芦澤も躰を疼かせている恋人を抱きたいのだ。芦澤も、榎田と躰を重ねたいという欲望を抱えている。自分だけではないと思うと嬉しくて、ますます欲しくなった。

『じゃあな。明日も存分に楽しんでこい』

「はい」

この欲望は、芦澤に触れてもらうまで自分の奥に隠しておこうと思った。冷めやらない熱は、閉じ込められてより熱く燻《くすぶ》るだろう。

そして、閉じ込められたそれを解放するための鍵を持っているのは、芦澤だけだ。

翌日、榎田の一日はトラブルで始まった。

「困りましたねぇ」

土井が、榎田の部屋の隅で腕組みをしながらホテルの従業員の背中を眺めている。彼が見ているのは、部屋の電話だ。いくつか操作をし、電話がきちんと機能していないことを確認している。

「すみません、土井さん。また僕につき合わせてしまって」

「も～、そんな気にしないでくださいよ。榎田さんが悪いんじゃないし、それに海外って結構こういうことあるって言いますよ。シャワーのお湯が出ないとか」

「ああ、それはよく聞きますね。到着して一番にチェックしたのシャワーです」

「俺もですよ。まぁ、こういうのは運だし、だから気にしない気にしない」

土井の軽い態度が、榎田の気持ちを軽くした。土井も限られた時間の中でミラノ行きの都合をつけただろうに、嫌な顔一つしない。

朝起きたら内線で連絡しようと土井と約束していたが、部屋の番号を押しても応答がなかったのだという。直接部屋に来た土井にその話を聞いて受話器を取ると、なんの音もしなかった。昨夜《ゆうべ》はこの電話で芦澤と話したのに、フロントに繋ごうとしても、まったく反応しない。

電話機の故障なのか、回線の問題なのか。

ホテルのスタッフは作業の手を止めて榎田たちを振り返り、困った顔で首を横に振る。どうやら、部屋の電話は完全に使えなくなってしまっているようだ。すぐに直らないということを言われ、土井と顔を見合わせる。

「ここにいても何もできないし、荷物は俺の部屋に置いて出かけましょうか。電話の修理か交換で人が出入りするなら、荷物は置いておかないほうがいいでしょう?」

「そうですよね。朝食も摂らないと、お腹空きますね」

今日は工場見学の予定だ。買いつけもできるため、遅れるわけにはいかなかった。夕方からの食事会は立食パーティとなっていて、昨日とは違った形で交流できる。

「じゃあ、お言葉に甘えて土井さんの部屋に荷物を置かせてもらっていいですか?」

「もちろんですよ。そうと決まったら、運びましょう」

急いで荷物をまとめ、土井の部屋にスーツケースを運ぶと、朝食を摂るためホテルをあとにした。

向かったのは、宿泊しているホテルからほど近い場所にあるオープンカフェだった。土井が事前に調べてピックアップしていた店の一つで、朝食が美味しいと有名らしい。

「ここ、楽しみの一つだったんですよね。イタリアの人って朝食は軽めで済ませるらしいけど、俺イタリアン大好きだから、喰うほうも充実させようと思って」

「僕はなんにも下調べしてこなかったから、むしろありがたいです。せっかく来たんだし、どうせなら美味しいものも食べたいですし」

二人が注文したのは、スタンダードな朝食のセットだったが、かなりのボリュームだった。観光客向けに用意しているメニューだろう。

ロゼッタという伝統的なイタリアのパンにプロシュットや茄子《なす》のマリネが挟んであり、それとは別にフルーツサラダもついている。

こんがりと焼いたパンは香ばしく、コーヒーの味もなかなかだった。

通りを眺めながらの贅沢な食事を堪能《たんのう》する。

外を見ていて目につくのは、やはりファッションだ。土井も同じらしく、ロゼッタを頬張りながらも、視線はしっかり外を向いている。

「やっぱりこっちの人はお洒落《しゃれ》だな。ほら、あの人……すごく雰囲気がありますよね」

細身のパンツにジャケットを羽織り、胸にチーフを挿している男性がいた。着崩しも上手く、さすがにイタリア男のファッションセンスは目を瞠《みは》るものがあると感心する。

「あの人見てください。なんか、マフィアみたいですよ」

土井の言うほうを見ると、黒のスーツに帽子を斜めに被った壮年の男性がいた。映画さながらの迫力で、ああいう人物がごく普通に街を歩いているのは、さすがだと思う。

「恰好好いですね」

「スーツの下に拳銃なんか隠し持ってそうですよ」

土井の言葉に笑うが、確かにその通りだった。今にもマシンガンを持った男たちが襲ってきて、銃撃戦でも始まりそうだ。

そしてふと、芦澤のことを思い出し、芦澤があういう帽子を被ってもきっとサマになるだろうと想像した。似合いすぎて、頬が少しだけ熱くなる。

次に芦澤に仕立てるスーツはどんなものがいいかと、これまで仕立ててきたものを思い出しながら、頭の中で着せ替えをするように、全体的な色味からポケットのフラップなどの細かい部分まであれこれ組み合わせてみる。

「榎田さん、ぼんやりしてどうかしたんですか?」

「あ……、いえ……っ、このパン美味しいですね。コーヒーも……」

恋人にどんなスーツを仕立てようかと妄想していたなんてさすがに恥ずかしく、榎田は慌てて目の前の皿を見て取り繕った。取ってつけたようだが、土井は嬉しそうな顔をする。

「榎田さんを誘ってよかったです」

朝食を済ませると、榎田たちはホテルの会場に向かった。昨日パーティが行われたホールで今日の受付をし、名札を貰ってからバスに乗り込む。

時間になり、バスは工場へと走り出した。今日回る工場は二カ所で、それぞれの工場で見学を行ったあと、生地の買いつけをする予定になっている。それが一番の目的だという参加者も多いようだ。いち早く、新作の生地を手に入れるチャンスだとも言えるため、それも当然だろう。

最初に訪れたのは、イタリアの老舗ミルだった。

規模の大きいブランドで、原毛の買いつけはもちろんのこと、紡績から布地にするまで自分たちの手で行っている。工場に着くと担当者が出てきて、今年のトレンドや生地の素材についての話が始まった。独自で開発をした生地の説明は、通訳を通して聞く。

生地作りに人生をかけてきたような人たちが、自信を持って販売する生地だ。その情熱は十分に伝わってきて、この人たちの作ったものを決して無駄にしてはいけないと思った。テーラーとして、最高の布地を最高のスーツに仕立てなければと、責任のようなものすら感じる。

見学が終わると、いよいよ品物の買いつけだ。

展示室のような場所が用意されており、新作の生地のサンプルを見せてもらう。

(これ、いいな)

日本には入ってきていない生地も多く揃えられていた。

手触りがよく、色味に独特のセンスが感じられる。最初に取った生地は、芦澤より諏訪に似合いそうなものだった。中性的な色香を持つ諏訪の細身の躰にフィットしたスーツをこの生地で仕立てたら、その美しさがより際立つだろう。

芦澤には、こちらの生地だ。

次に手に取ったのは濃いグレーの生地で、紡績の段階で複雑な色の組み合わせがなされており、それが生地全体に深い色合いを出している。強烈なまでの男の色香をこの生地で仕立てたスーツで覆い隠したら、さぞかし魅力的だろう。完全にその匂いを消すことはできず、滲《にじ》み出る牡《おす》のフェロモンと高級な素材は互いにその魅力を引き立たせる。

さらに、店の棚に並べておきたい生地がいくつもあった。

比較的若い層をターゲットにするなら、これ。クールビズがすっかり定着している夏場にノーネクタイで着るなら、こっち。個性的な色味だが、年配の客に勧めたいのは、こちらの生地。そして、芦澤の年齢の男性に勧めたいのは、このあたりに置いてある生地だ。

比較的軽めの色味で、芦澤にも似合いそうなものが他にもあった。夏用のスーツに仕立ててみるのも悪くない。

生地を見ながら、自分ならどう仕立てるか想像し、榎田の店に必要かどうか考え、購入したい生地の番号をメモしていく。思ったより量が多くなり、ここからさらに絞り込んでいこうと、もう一度チェックした生地を確かめにいく。

他の職人たちも真剣で、展示室の中は静かなざわめきに満ちていた。生地に関する質問をする声や、足音、布地をめくる微かな音ばかりだ。

ようやく買いつける生地が決まり、他のテーラーたちの談笑する声が聞こえ始める頃、土井が興奮気味に榎田のもとへやってきた。

「榎田さん、いいの見つかりました？」

「見つかりすぎて困ってます」

「あ。俺もです。あれもこれもって……」

土井も気に入った生地がいくつもあったらしく、手にしたメモにはびっしりと品番が連なっている。二人は契約書の置いてあるテーブルに向かい、通訳を交えて書類にサインをした。

納期は一カ月後だ。本来なら日本に入る予定のない希少なものを手に入れることができた。きっと大下も喜ぶだろう。いい素材のものを見つけた時の気持ちは、大下も同じだ。

手続きが終わるとバスに戻り、移動したあと一時間の食事休憩を挟んでもう一つの工場を見学する。こちらは少し規模が小さいが、充実した内容の品揃えで、ここでも買いつける生地の選別に苦労した。

ホテルに戻ってきたのは、午後五時過ぎだ。二時間後には立食パーティがある。

「ちょっと行きたいところがあるんですけど……つき合ってもらえます？」

「ええ。もちろん」

「実はここに行きたいんです」

土井が取り出したのは、テーラー専用の雑誌だった。専門書のため発行部数は少なく、書店には置いてないため、定期購読か取り寄せでないと手に入らない。

榎田も毎月購読しているが、土井が持ってきたのはかなり昔のものだった。

「ほら、この店。まだあるかどうかわからないんですけど」

「あ。そこ聞いたことがあります。すごく昔からあるお店なんでしょう？」

「そうなんですよ。いい小物も置いてあるみたいで。本当は一人でこっそり行こうと思ってたんですけど、せっかくだから榎田さんもどうかと思って」

「僕も一緒にいいんですか？」

「もちろんですよ。一緒に宝探ししましょう」

土井は嬉しそうに笑うと、榎田も思わずつられて笑顔になる。

かなりわかりにくい場所にあるということで、タクシーを使うことにした。運転手は首を傾げたが、とりあえず行ってみるというようなことを口にし、車を発進させる。

大きな通りから迷路のような路地を入っていき、いったん来た道を戻ること数回。

思ったより時間はかかったが、無事店を探すことができた。

「あった～。やっと着きましたね」

「地元の人でも迷うんですね」

「よし、入りましょう」

店に入ると、商品の多さに驚き、半分口を開けたまま店内を見渡した。

「すごい……」

壁に面した棚は天井近くまであり、ボタンばかりがずらりと並んでいる。日本にもこういった店はあるが、この店には歴史を感じた。古びた店内には、積み重ねてきた長い年月を感じる。店のカウンターも木製の梯子《はしご》も、映画のセットのような存在感があった。

象牙《ぞうげ》、水牛、ナット、セレクト、蝶貝《ちょうがい》など素材は豊富で、その大きさやデザインもさまざまだ。ワイシャツ用のボタンもあり、何時間あっても足りない。

「これって、全部見るのは無理だな」

「掘り出しものを探す感じですね」

二人はしばらく無言で物色していた。目当てのものが決まると、まとまった数を購入できないか聞いてみる。恰幅のいい女性は、一度店の奥に入っていくとどこかに電話をした。どうやら、仕入れ先と交渉しているようだ。

戻ってくる彼女の表情を見て、交渉が成立したとわかる。カレンダーを使って明日の午後には入ると言われ、明日の午後の空いた時間に取りに来ると約束した。現金払いのみのため、金額も先に聞いておく。

店を出た榎田は、まるで面白い映画を見終わったあとのような余韻に浸った。

「は～、まさかこんな穴場があるなんて」

「でしょ。こういうところは、現物をあるだけ買うしかないから、一度逃すと二度と出会えないってこともあるんですよね」

「面白いですよね。わくわくします」

タクシーでホテルに戻って一度部屋を覗いたが、電話はまだ直っていないらしく、電話のあった場所には何も置かれていなかった。フロントに聞いても、まだ直っていないというような内容のことを言われるばかりで、いつ直るのか、その見込みはあるのかなど、まったくわからない。

携帯を盗られた時点で芦澤からの連絡はホテルにするよう伝えてあるため、連絡があればフロントにメッセージが残されているだろうが、榎田宛のものはなかった。

結局、パーティが終わってホテルに戻ってきても、状態は変わっていない。どうなっているのか確認したほうがいいかと思ったが、疲れて寝てしまった。


四日間の日程はあっという間に終わった。

ミラノに到着してから今まで、本当にいろんなことを経験した。

三カ所回った工場ではいい生地を買いつけることができ、空いた時間を使ってテーラーメイドスーツの店を見ることもできた。また、個人経営のボタン専門店の収穫も大きい。買いつけた生地に合う色味やデザインのもの、めずらしい素材のものが揃えられた。あれこれ回ったおかげで、カフスなど一点物もいくつか手に入れられたのもよかった。店のショーケースの中に並んだ様子を思い浮かべただけで、心が浮き立ってくる。

もちろん、土産《みやげ》も忘れていない。いいセンスのネクタイがあり、芦澤に二本購入した。本庄たちのもある。大下には財布だ。ホテルの近くにあった革製品の専門店で、いい革の財布があり、店主に勧められて購入した。

今回の旅行ではスーツに始まりスーツに終わるというくらい、スーツやテーラーと関係するものとばかり接した。満足のいく旅行だったのは言うまでもない。

「もう解散だなんて、本当、早いですね」

ホテルのレストランで軽い朝食を摂った榎田は、チェックアウトしたあと土井と二人でバスを待っていた。スーツケースを持っているのは、榎田だけだ。土井はあと一日、ミラノに滞在するのだという。

「日本に戻ったら、連絡してください」

「そうですね。せっかくお知り合いになったんです。テーラー同士、お互い刺激し合って情報も共有しないと。幸い、お店も遠くて客の取り合いにはなりそうにないですし」

土井の言葉に、榎田は小さく笑った。

「そうですね」

「それより、電話は残念でしたね。連絡とか大丈夫でした？」

「ええ、まぁ」

結局、昨日も部屋に帰ってすぐに寝てしまい、朝まで起きなかった。そんなに疲れがたまっているという自覚はなかったが、今回のミラノ行きのために仕事を調整したのだ。自分で気づいていなかっただけなのかもしれない。

どうやら芦澤から電話が入っていたようだが、係の人間が部屋に呼びにきても榎田は出てこなかったという。

「それじゃあ土井さん。また、日本で」

「じゃあ、さよなら」

榎田は、スーツケースを抱えてバスに乗り込んだ。空いた席に座り、土井に手を振って別れる。

（芦澤さん、何度か電話くれたみたいだし……帰ったらおしおきされるかな）

悩ましいため息をつくが、ホテルで芦澤と電話をした時のことを思い出し、本当はそれほど憂《ゆう》鬱《うつ》でないことに気づいた。

（き、期待なんかしてないぞ）

顔が赤くなっていくのがわかる。

こんなところで一人赤面しているなんて、かなり怪しい。手をうちわにして顔を扇ぎ、火照《ほて》りを冷ます。約十五時間後には、日本だ。帰ったからといってすぐに芦澤に会えるわけではないが、イタリアにいるより会える確率が高いのは間違いない。

（本当に、充実してたな）

ミラノの街にさよならを言うように、窓から外を眺めていた。気持ちの違いだろうか。流れる景色は、来た時とは少し違って見える。次はいつ来られるかわからない、もしかしたら二度と来ないかもしれない街の風景を眺めながら、日本で自分を待っている人たちや仕事の道具に思いを馳《は》せる。早く、仕事がしたい。

空港に到着すると、榎田はまず航空会社のカウンターに向かい、パスポートと航空券を提示してチェックインした。免税手続きなども済ませてスーツケースを預け、時間を確認する。出発まで余裕があったため、空港内のカフェで時間をつぶしてから、ゲートに入るため人の列に並んだ。金属探知機に引っかからないよう、ポケットのものをトレーの中に出して進む。

ゲートはすんなり潜ったが、なぜか空港職員に呼び止められた。何か言われるが、言葉がわからない。

「えっと……何か問題でしょうか？」

言葉が通じなくても榎田が自分たちの要求を理解していないとわかったようで、ジェスチャーを交えて訴えてくる。ようやく手荷物の中身を見せるよう言われているとわかり、言われた通り開けてみせた。

中にはスーツケースに入りきれなかった芦澤たちへの土産や、飛行機の中で使うピローなどの旅行グッズがほとんどだ。特に問題になるようなものは入っていないはずで、スーツ専用のケースも、スーツ以外のものは入れていない。

だが、職員は土産品を開けるよう要求する。

大下の土産にと購入した革の財布が入っている。中身を開けるよう言われ、せっかく包んでもらったのにと思いながら、包装紙のテープを剝がした。

「あの……」

職員は箱の中身を確認し、さらに財布の中まで覗く。店で購入した時のままの状態だ。問題になるようなものがあるとは思えず、落ち着いた態度で職員の手元を見ていたが、箱のチェックをした時、状況は一気に変わった。

それは二重底になっていて、中から何か出てくる。

(え……)

白い粉の入った包みだった。心臓に冷水を浴びたような気がして、絶句する。

職員は急に態度を変えることなく、榎田を一瞥《いちべつ》すると無線で他の職員を呼んだ。ゲート付近にいる搭乗客が榎田のほうを怪訝《けげん》そうに見ており、何も悪いことはしていないのに、後ろめたい気持ちになった。なぜ、そんなものが入っていたのか——。

別室へ移るよう榎田は案内され、おとなしく従う。おそらく通訳が来て弁明を聴いてくれるのだろうと思い、すぐに疑いは晴れると自分に言い聞かせながら歩いていった。けれども、本当は不安でいっぱいだ。

榎田が案内されたのは狭い部屋で、テーブルと椅子が用意されていた。座るよう指示されて椅子に腰かけると、いきなり厳しい口調で問いつめられる。これはなんだと言われているのだろう。

だが、榎田にわかるはずがない。店で買ったまま持ってきたのだ。包みを開けていないし、中には財布だけしか入っていないと思っていた。

「えっと……あの……。わかりません」

ひたすら首を横に振るだけの榎田に、このままでは埒《らち》があかないと思ったのだろう。少し待つようにとジェスチャーで指示される。

（本当に、大丈夫なのかな……）

狭い部屋に閉じ込められているからか、少しずつ不安になってきた。

海外の空港で現地で知り合った人から荷物を運ぶよう頼まれ、知らないうちに運び屋にされる話はよく聞く。親切にしてもらい、断りにくくてつい引き受けてしまうのだ。現地の法律によっては死刑になるケースもあり、どんなに世話になった相手でも、中身のわからない荷物は絶対に受け取らないよう注意されている。

だが、この荷物は、榎田が誰かから預かったものではなく、自ら店に行って購入したもので、日本に到着したら大下に渡るだけだ。運び屋として利用される要素などない。

もしかして、榎田を誰かと間違えて財布の箱に紛れ込ませたのだろうかという考えが脳裏をよぎった。本来は別の誰かが運ぶ予定だったものが、手違いで榎田の手に渡った。

もしそうなら、榎田は運び屋として捕まるかもしれない。言い訳しても、現物を持っていたのだ。現行犯逮捕ということなら、どう無実を証明すればいいのか。

不安に駆られていると、再び廊下のほうから足音が聞こえてきて、ドアが開く。

入ってきたのは、空港職員だ。

「あの……っ」

厳しい顔で入ってきた男二人組は、犯罪者を見る目で榎田を見下ろした。

「僕のじゃないんです。本当に知らないんです」

訴えるが、やはり言葉は通じないようで、無言のままさらに移動するよう指示される。

両脇《わき》を固められ、手錠をかけられて狭い個室を出て再び廊下を歩いた。一般人の姿はなく、職員など限られた人間しか使わない通路のようだ。

よく知っている空港の景色とはまったく違う雰囲気の場所を通り、裏口らしいドアから外に出される。戸惑っている榎田をよそに、職員はさらに歩くようせっついてきた。

逃げたいが、そんなことをすればますます疑われる。弁解も聞かないまま裁判なんてことにはならないだろう。とにかく、通訳が来るまでの辛抱だと思い、不安に耐えた。

おそらく、予定の便には乗ることはできない。

建物の外に連れ出された榎田は、停車しているバンに押し込まれるようにして乗せられた。警察車輛《しゃりょう》ではなさそうで、これからどうなるかまったく予想がつかない。

「う……っ」

その時、いきなり口にタオルのようなものを押しつけられた。圧しかかられ、手足を押さえつけられる。

（何……っ⁉）

男と目が合った。感情の見えない、無感動な目だ。まるで流れ作業をするように、冷めた目で榎田のことを見下ろしている。

「ぅう……っ、……っく、……ふ」

必死でもがくが、狭い場所で二人がかりで押さえ込まれれば何もできない。しかも、タオルには何か薬品を染み込ませているらしく、意識が急に遠のいていった。自分の身に何が起きているかよくわからないまま、闇に沈んでいく。

（芦澤さ……）

最後に心に浮かんだのは、恋人の姿だった。

3

どこからか、波の音がしていた。そう遠くはない。潮の香りもして、ここが海の近くなのだとわかる。

「うん……っ」

目を覚ました榎田は、あたりを見回した。激しい頭痛に、顔をしかめる。気分が悪く、まるで船酔いでもしてしまったかのようだ。波の音と潮の匂《にお》いから、船の中かと思ったが、どうやらそうではなさそうだ。空港で起きたことは悪い夢でもなんでもなく、現実なのだと思い知らされた。

そして、自分は今、大きなトラブルに巻き込まれている。

暗がりの中に浮かぶのは、椅子《いす》がたった一つだけだ。他には何もない。

榎田は、手錠をかけられていた。

ドアは鉄製で、格子つきの小さな窓がついている。そこから外を覗《のぞ》くと、男が二人、ドアの両側に立っているのが見えた。明らかに監視されている。

榎田が中から外を見ているのに気づき、大声で怒鳴りつけてきてドアが勢いよく蹴《け》られた。

耳をつんざくような音に、すぐにドアから離れて逆側の壁に背中をつけて身構える。いつ、男たちが入ってきて暴力を振るわれるかと思ったが、中に入ってくる気配はなく、再び静けさに包まれる。

(どうして、こんなことに……)

日本人が海外の空港で、麻薬所持の現行犯で捕まった事件はこれまで何度かあった。運び屋として利用された例だ。

しかし、今回はそういった事件とは異なるものだ。この状況を考えると、正式に逮捕されたわけではないことはわかる。榎田が搭乗手続きをしたことすら、記録に残されていないかもしれない。さらに、土井とはホテルで別れたため、榎田が空港に行ったことの証明にはならない。

海外での行方不明者という扱いになったら、国はどの程度捜査をしてくれるのだろう。

(大丈夫。大丈夫だ)

榎田は、自分にそう言い聞かせていた。榎田が予定通り帰ってこなければ、まず大下が気づいてくれる。ただの行方不明という扱いになっていても、芦澤が動いてくれるだろう。

公の捜査機関が動かずとも、榎田が自ら望んで失踪《しっそう》するはずないとわかってくれている人間はいる。

そう考えていると少しずつ落ち着いてきて、榎田はさらにこれまで経験してきたことを思い出した。何度も危険な目に遭ってきた。命の危険に晒《さら》されたこともある。それでも、こうして生きているのだ。諦《あきら》めることはない。

その時、足音が近づいてくるのがわかった。それはドアの前で止まり、見張りの二人と言葉を交わす声が聞こえる。

重い鍵《かぎ》の音がした。金属の軋《きし》む音を立てながら、ドアがゆっくりと開く。

「……っ」

いきなり電気がつけられ、眩《まぶ》しさに目を細めた。暗がりの中にいたため、すぐには目が慣れない。

「起きてたか。もっと騒ぐかと、思った。勇気がある」

入ってきたのは、長身の男だった。芦澤よりも高いだろう。それだけでなく、全体的な体格もかなりいい。目が慣れてきて、日本人ではないのがわかった。基本的な骨格や筋肉のつき方、彫りの深い顔立ちは、日本人のそれとは違う。

ゆるくパーマのかかった焦げ茶色の髪と、大きな鷲鼻《わしばな》が特徴的な男だった。瞳《ひとみ》の色も髪と同じでうっすらと無精髭《ぶしょうひげ》を生やしていてワイルドな雰囲気がある。おそらくイタリア人だ。

「あの……ここは……?」

「シチリア島」

独特のイントネーションだが、榎田の質問に的確に答えているところから、日本語が堪能《たんのう》だとわかる。こちらに来てまともに日本語が通じる初めてのイタリア人だが、胸に広がるのは安堵《あんど》と

はほど遠いものだった。

シチリアといえば、イタリアでは気をつけなければいけない地域の一つに入っている。マフィアの力がまだ根強く残っていて、観光ルート以外の場所にやたら踏み込んではいけないとされている場所の一つだ。そのことから、自分がマフィアがらみの犯罪に巻き込まれたのだと思った。

やはり、人違いで運び屋に渡すはずのものを榎田の土産《みやげ》物の中に入れてしまったのか。出所を隠すために、財布を買った店を知っている榎田を拉致《らち》したとも考えられる。それなら、口封じに殺されるかもしれない。

犯罪に巻き込まれたのなら外務省が乗り出すだろうが、失踪のような形で日本人が旅行先で行方不明になった時は、どれほどのことをしてくれるのだろうか。

「あの麻薬は、あなたたちが日本に持ち込もうとしたものなんですよね？」

男は答えなかった。その表情から日本語が通じなかったわけではないとわかる。

「証拠を消すために、僕を殺すつもりなんですか？」

次の瞬間、男がいきなり声をあげて笑い始めた。馬鹿なことを言ったつもりはないが、男は蔑《さげす》んだような目で榎田を見下ろす。

「まだ、わかってないようだ。ヘイワな男だ」

「どういう意味です」

「最初から全部、ケイカクだった。最初から」

「最初から？　最初って……」

「招待状を送ったことだ。たかがニホンジン一人拉致するのに、手の込んだことをしたが、油断できない男がいるからな」

唇を歪《ゆが》めて嗤《わら》う男を見て、榎田は自分が勘違いしていることに気づいた。

「もしかして……芦澤さんと関係が……？」

ようやくわかったかと言いたげな表情に、今回のトラブルが単に運が悪くて麻薬の運び屋と間違えられたのではないと気づいた。芦澤のもとでは、必ず邪魔が入るとわかった上で練られた計画だ。

「あなたは、誰《だれ》なんです？　あなたは……っ」

「ドミニクだよ。エノキダヒロヤ」

フルネームで呼ばれただけだが、それは榎田たちのことを調べ尽くしているという意味が込められているに違いなかった。招待状が榎田のもとへ来た時期から考えても、この計画に何カ月も時間をかけてきたのだろう。

「電話を盗《と》ったのも……」

「よく、わかったな。もちろん、それも俺たちのケイカクの一つだ。アシザワと簡単に連絡を取り合ってもらったら、困るからな」

ということは、部屋の電話が故障したのも、この男の仕業だ。気づいていないだけで、他にもこの男の計画の中で起きたこともあるはずだ。

だが、榎田をイタリアまで誘い出し、何をしようというのか。

「お前には、聞かなきゃならないことがある」

「僕に……？」

「スワという男の居場所を言え。そうしたら、助けてやってもいい」

榎田の脳裏に、必死で生きようとしていた病室での諏訪の姿が浮かんだ。木崎に救ってもらった命を守るために生きると、哀しい覚悟をした男の姿が……。

なぜ、諏訪の居場所など聞くのか——。

頭に浮かんだのは、ある一つの可能性だった。芦澤が店に来た時に聞いた、桐野組長の隠し子の話。どんな人物なのか調べはついていないが、組内部での新たな権力争いが始まるかもしれないと言っていた。

つまり、この男は桐野組長の隠し子が雇ったと考えるのが妥当だろう。

いや違う。マフィアが日本のヤクザに雇われるなんて聞いたことがない。男が日本語を話していることからも、それはわかる。

桐野組長が子供を産ませた女が、日本人とは限らない。

「あなたが、桐野組長の隠し子なんですか？」

男は嗤っただけだった。日本人の血が混じっているようには見えないが、否定しないということとは、あながち外れてもいないのだろう。

おそらく、この男は木崎を炙《あぶ》り出そうとしている。

それは、芦澤の失脚を意味していた。木崎の生存の証拠は、芦澤が桐野組長に対して行った裏切りの証拠と同等の意味をなす。

「見えてきたみたいだな。頭は、悪くない」

「木崎さんは、死にました。この目で見たんです」

睨《にら》むように男を見ながら、榎田は静かに言った。自分すら騙《だま》すように、本当に木崎は死んだのだと思いながら、その言葉を口にする。

「そんなことで、ダマされない」

「信じなくてもいいです。僕は、木崎さんが転落するのを見ました。もう、この世にはいない人です。どんなに捜しても無駄です」

「ここは、日本じゃない。俺たちの縄張りの、中だ。アシザワですら、思ったみたいに、動けない場所だぞ。俺たちの国ダカラな」

ただの脅しではないことは、榎田にもわかっていた。

イタリアのマフィアが、政界へ大きな影響力を持っていることは、聞いたことがある。警察なども同じだ。

賄賂《わいろ》といえば、北朝鮮や中国を想像しがちだが、イタリアも例外ではない。近年、マフィアが弱体化しているという話も聞くが、日本と比べればまだまだ汚職に手を染める警官の数は多いだろう。

テーラーメイド協会の行っている交流を目的としたパーティは毎年行われているのは確かだが、裏で手を回し、今回のように榎田に招待状を送らせることも可能だ。計画の全貌《ぜんぼう》を知らされなくとも、招待された榎田がミラノでの日程を無事に終えれば、拉致の片棒を担がされたと気づかないだろう。

空港職員もテーラーメイド協会も、繋《つな》がりはどこにもない。それぞれに役割を持たせ、それぞれが自分がなんの役割を担っているか、犯罪の片棒を担いでいることすらわからないまま計画の歯車として動くのだ。

警察の捜査の手が入った時、そして芦澤たちの手が伸びてきた時、それは役に立つ。

榎田まで辿《たど》ろうとしても、手がかりが途切れることになる。

「芦澤さんは、あなたが思っているほど、甘い相手じゃないです」

「それは楽しみだ。今のうちだ。そのうち知ってることを、ゼンブ言いたくなるぞ。俺たちファミリーの怖さを、知ることになる」

何をされるのだろうと思うと、怖かった。拷問されるかもしれない。

「期待しても、ムダだ。アシザワがこっちに入ってきた情報は、まだない」

榎田がハッとなると、男は口許《くちもと》に不敵な笑みを浮かべた。

その言葉と意味深な表情から、榎田を救出するために動き始めているとわかった。イタリアに入った形跡はなくとも、もう日本を出ているはずだ。少なくともこの男は、芦澤の所在を確認できていない。日本にいる確証がないからこそ、日本にいると言わずにイタリアには入ってないと言ったのだ。

榎田の心を読んだかのごとく、ドミニクはニヤリと嗤った。

「奴の情報収集の力には、驚いた。もう少し、俺たちのことはバレない予定だった。だが、俺の仕掛けた罠《わな》に、しっかりと嵌《はま》ってくれた」

「罠……?」

「少し早かったが、こっちに来てもらうのは、俺たちのケイカク通りということだ。奴が来るまで、楽しもうか」

ドミニクと名乗った男が鉄のドアを中から叩《たた》くと、再び鉄が軋む音がし、ドアが開いた。続けて二人の男が何かの機材が乗ったワゴンを押して入ってくる。その上には、注射器などの医療器具のようなものも置かれていた。何をされるのかと、足が竦《すく》む。

「離せ……っ」

もがくが、抵抗などしても無駄だった。椅子に座らされ、アームレストにベルトで腕を固定され、足も縛られて自由を奪われる。

「殺しはしない。お前は、大事な切り札だ。だが、殺されたほうが、楽だと、思うぞ」

「……離せ……っ」

「スワの居場所を知ってるなら、今のうちだ。今言えば、苦しいオモイはしない。それとも、キザキという男の居場所を言うか？」

年配の男が薬品の入った瓶を手に取るのを横目で見ながら、榎田は恐怖に震えた。

注射針の先から、透明な液体が迸《ほとばし》るのが見える。腕を動かそうにも、しっかりと固定されていてびくともしない。

「……っく」

針が肌に突き刺さり、中の液体が少しずつ押し出されて体内に入ってくる。注射器の中が空になっても、すぐには変化は起きなかった。だが、それも束《つか》の間のことだとわかっている。

心臓の音が大きいのは、心理的な影響なのかそれとも薬の影響が出始めているのか……。

それは、ほどなくして判明する。

「ひ……っく、……ひぃ……っ、……ぁあ……あ……、……はぁ……、……っぐ」

次第に心拍数が激しくなり、心音がものすごい大きさで聞こえ始めた。躰《からだ》の中に、時限爆弾でも抱えたようだ。

呼吸は乱れ、汗も噴き出し、体温も急激に変化している。打たれたクスリがいったいなんなのかはわからないが、このままでは死んでしまうと思った。

躰が、崩壊する。

「知っていることを言え」

「し、知ら……、な……っ、……ぁ……、……っ、……知ら……、……はぁ……っ」

どんなに息をしても、酸素が入ってこなかった。血液が沸騰している。

「言わないと、もっと苦しいぞ」

「し……っ、……知ら……な……、……知ら……ッ、……ぁ……っぐ」

死を覚悟した。もう二度と、この目で太陽を見ることはできないかもしれない。芦澤の顔を見ることも、その躰に触れることも、できないかもしれない。

(芦澤さ……っ)

迫ってくる死の匂いに、震えた。怖い。怖くて、逃げたくて、だけどもそれが叶《かな》わないとわかっている絶望。恐ろしい。

ドミニクの合図で、さらにもう一本、注射器の準備がされた。先ほどと同じようなクスリの瓶に針を刺し、中の液薬を注射器の中に入れる。

「あ……、……やめ……」

針の先が自分の肌に当てられるのを、ただ見ているしかなかった。それが肌を突き抜け、もう一本、榎田の体内にクスリが打ち込まれる。ドッ、と心臓が突き上げられるような物理的な刺激を感じ、さらなる恐怖に包まれた。

「はっ！　ひぃぃ……っく、……は……っ、……あ……ぁ、……はぁ……あ……っ！」

「言え。楽になるぞ」

「ぁあ！　……はっ、あぁっ、……っぐ、……し、……知ら……、……はぁ……っ！」

何度問われても、同じ答えを言うしかなかった。本当に知らないのだ。この地獄が、どのくらい続くのだろうと思った。死ぬまで続くのだろうかと。

しかし、榎田の様子を見ていたドミニクの口から出たのは、先ほどの尋問とは異なるものだった。

「本当に、知らされてないようだな。やはり、あの男……アシザワは、侮れない男だ」

諦めというより、最初からわかっていたと言いたげだ。それなら、なぜクスリなんて打ったのか。

確かめるためなのか、それとも半分は愉《たの》しむつもりだったのか。

「このへんにしておこうか。死んでもらっても、困る」

「はぁ……っ、……ふ……、……っく、……あぁ……っ、はっ、……ぐ、……あぁっ！」

もう、あのクスリを足されないとわかって安堵するが、躰の異変は続いている。心拍数は上がったままで、いつ自分の心臓が耐えきれなくなるのかわからず、死の恐怖からは逃れられそうになかった。

クスリを足されなくても、このまま放置されれば命を落とすかもしれない。

「しばらくつらいぞ。我慢しろ。そのうち、よくなる」

「……ぁ……、……はぁ……っ、……た……、……助け、……たす……け……、……あぁ」

敵だとわかっているのに、助けを求めずにはいられなかった。助けてくれと懇願した。情けないが、そうするしかなかった。

ドミニクはそんな榎田を見て嗤い、部屋から出ていく。

一人になると、いつ終わるやもしれぬ苦痛に耐えながら、静かに目を閉じた。


芦澤がいた。

遠くのほうで、榎田に背中を向けて立っている。芦澤がいるところが、見覚えのある場所のように思えるが、よく思い出せない。

波の音。

ただ、波の音だけがあたりを包んでいる。

穏やかに打ち寄せる波ではなく、何か不安を煽《あお》るような潮騒だった。

あそこにいてはいけないと思うが、声にならない。駆け寄ることもできない。どうしたらいいのかわからず、榎田はただ佇《たたず》んでいた。何か起きたらどうしようと、そればかりを考えてしまう。

その時、背後で人の気配がして、榎田はゆっくりと振り返った。そして、目に飛び込んできたものに息を呑《の》む。

「諏訪さん……」

白い壁と白いカーテン、そして白い床。そこは、病室だった。

白いパイプベッドに座っているのは諏訪で、身につけているのも白いパジャマだ。まるで、死に装束を着ているようにも見える。諏訪を取り巻く状況が、余計そう感じさせるのかもしれない。生きているのか死んでいるのかわからない状態で、生き続けている哀しい男。

弱々しい諏訪の姿を見て、どんな言葉をかけていいのかわからなかった。諏訪にとっては虚《むな》しいだけのようで、簡単に声をかけられない。

愛する者を失う気持ち――何度、想像したことだろう。

「なんて顔をしてるんです、榎田さん」

「あの……」

「まったく、あなたはいつまでも可愛《かわい》い人だ」

寂しげに笑う諏訪を見て、胸が苦しくなった。

昔と変わらず榎田をからかってみせる諏訪の姿を見た榎田は、その奥に隠された苦しみを感じずにはいられなかった。

もう、どのくらいこの病室に閉じ込められているのだろう。出ることも叶わず、木崎に会うことも許されず、生きていることすら知らされず、ただ木崎に救ってもらった命を守るという役割を果たすためだけに、生き続けている。

「諏訪さん……っ」

木崎が生きていると、言いたかった。いつか木崎に会えると。希望を失わないでくれと。

だが、それはただの自己満足だ。無駄に希望を抱かせるだけかもしれないと思うと、簡単に口にはできない。木崎も、自分が生きていることを諏訪に知られないでいることを望んでいる。

諏訪の安全のためにも、今は真実を伝えてはいけない。

「いえ……、すみません。なんでもないんです」

真実を呑み込み、少しでもその気持ちが晴れるように、無理に笑顔を作る。

「諏訪さんは、元気にしてましたか?」

「ええ。元気ですよ」

「ちゃんと、食べてくださいね。スーツの補正、しないままだったでしょう?」

「大丈夫です。ちゃんと生きますから。生きなきゃ……ならないですから。わたしの命は、木崎さんに貰《もら》った命だから……」

その言葉から、まだそれが諏訪にとって義務でしかないと感じた。自分に与えられた使命を淡々と果たそうとするだけの、寂しい覚悟。

今はまだそうでも、いずれ希望を抱き、自ら生きたいと望む日が来る。

けれども、本当に、来るのだろうか。

不意に、そんな疑問が心に湧《わ》いてきて、榎田はパジャマの上から見ただけでもありありとわかる細くなったその肉体を眺めながら思った。

本当の意味で、諏訪が救われる日がちゃんと来るのだろうか。

寂しげに笑うその姿に、急に不安に包まれる。自分もいつ、愛する者を失うことになるのかと思い、その瞬間を想像してしまうのだ。そして、それはただの空想ではなく、一つの可能性として存在していることを痛感した。

ドミニクが、芦澤を失脚させようとしている。組長への裏切りが発覚すれば、ただでは済まないだろう。命を以《もっ》て償わされるに違いない。

(そんなのは……嫌です……)

榎田が顔をしかめたのと同時にドミニクの笑い声が聞こえた気がして、あたりを見回した。すると、再び潮騒に包まれ、その音は徐々に大きくなっていく。

芦澤は、まだ崖《がけ》の上にいた。

「芦澤さん……っ、……芦澤さん……っ!」

ドミニクたちが、芦澤を囲んでいた。日本市場を狙《ねら》うファミリーの人間だ。そして、桐野組長をはじめとする組の人間もいる。

若頭まで上りつめた男の組への裏切りは、大きな罪だ。

その時、榎田は気づいた。あれは、あのシーンは、榎田がかつて見たものだ。

木崎を追いつめた芦澤が、木崎に向かって発砲し、海に転落した。奇跡的に命は助かったが、芦澤もそうならないとは限らない。死体など上がる可能性のほとんどない場所で、愛する者がその姿を消したら、一生苦しみを味わうことになる。

生死を確かめることができず、生きていることを信じて自分だけが生き続けなければならないことが、どんなにつらいか。愛する者の死を受け入れれば終わる苦しみが、永遠に続くのだ。

「芦澤さん……っ、逃げてください！」

そう叫ぶのと同時に、潮騒に発砲音が重なった。

落ちてゆく人の影――。

榎田は、遠くからそれを見ているしかなかった。


どのくらい時間が経っただろうか。榎田は、何かの物音に目を覚ました。

（夢……？）

芦澤が崖から落ちていくシーンが蘇《よみがえ》るが、顔をしかめる気力もなく、ただ頭の中で繰り返される芦澤の死の瞬間に耐えていた。見たくなくとも、頭の中から消えてはくれない。レコードの針が飛んで同じ場所を繰り返すかのように、そこだけが何度も巡った。

それが打たれたクスリの影響なのか、この状況が榎田を弱気にさせているのかはわからない。ただ、クスリの効果は薄れているようで、もうあの時ほどの苦痛はなかった。あるのは、ひどい疲労感だけだ。頭を上げるのも難しく、深く項垂《うなだ》れたまま、再び目を閉じてただ時が過ぎるのを待つ。

その時、遠くのほうで物音がした気がして、榎田は目を開けた。

(誰……?)

足音だ。ドアの外から聞こえてくるそれは、この部屋に近づいている。ゆっくりとした足取りに、助けが来たのではないとわかり、自分の運命を握る男が部屋に入ってくるのを待つ。

錠が外される音がして、金属が軋む音を立てながらドアが開いた。

「アシザワたちが、シチリアに入ったぞ」

やはり、ドミニクだった。

ゆっくりと顔を上げると、汗が頬《ほお》を伝って顎《あご》先から落ちる。決して暑くはないのに、自分が汗まみれなことに気づいた。嫌な汗だ。生きる力も、生きようとする気力も一緒に流れ出ているようだ。諦めに囚《とら》われないようにしなければと思うが、芦澤のシチリア入りをこの男が知っているという事実が、それを難しくさせている。

（芦澤さん……）

その姿を思い浮かべながら、榎田は失いかけた希望を取り戻そうと必死だった。

ここは、シチリアだ。彼らの息がかかった役人も多い。日本と同じようにはいかない、空港からここまで連れてこられた時のことを思い出しても、それがわかる。島のあちこちにファミリーの息のかかった人間がいる。

隠れて行動することすら、難しいだろう。あらゆる場所に監視の目があり、誰がその手先なのかもわからない。芦澤といえど、自由に動けはしない。

だが、そんなことなど承知で来てくれたのだ。

夢で見たようなことが起きないと、信じるしかない。信じることしかできないが、そうするしかない。

「オマエには、たっぷり仕事をしてもらう。あの男の前でオマエを拷問したら、自分の地位なんてすぐに捨てるだろうな」

「……拷問、……すればいい。芦澤さんは、そんな……ことで……、……捨てたり、しな……」

自分が失脚するだけなら、ドミニクの言うことを聞くだろう。地位など簡単に捨ててしまうかもしれない。けれども、芦澤は一介の兵隊ではないのだ。

芦澤を慕い、ついてくる若い衆がいる。責任のある立場だ。恋人のためにすべて捨てるなど、簡単にできるはずがない。できる男でもない。

「強気でいられるのは、イマだけだ。そのうち、自分のために仲間を捨てろと言う」

「……っく」

「移動するぞ」

榎田を椅子に拘束していたベルトが外され、再び後ろ手に縛られて歩かされる。長い廊下を歩いていき、階段を上り、外に出た。あたりは暗く、ここがどこなのかまったくわからない。

ただ、海の匂いがし、ここが本当にシチリアなのだと実感した。海に囲まれた島で地中海のほぼ中央に位置する最大の島であり、イタリアの最大の州でもある。そして、ここがドミニクたちマフィアの出自とも言える。

夢の中の潮騒は、島全体を覆う潮の香りを無意識に感じ取っていたのかもしれない。

「乗れ」

車に押し込まれる。どこに連れていかれるのだろうと思うが、聞いたところで答えてくれないこともわかっているため、黙って従った。

「……っ」

腕に注射を打たれた。意識が朦朧《もうろう》としてきて、躰から力が抜ける。もし、逃げ出そうとしても自力では無理だ。誰かが助けに来ても、こんな状態の榎田を抱えて周り中敵だらけの場所で逃げきることは難しい。

「う……っ」

ドミニクが誰かに指示を出しているのがわかった。何か言葉を交わし、笑いながら榎田を揶揄《やゆ》するように言う。

「アシザワが、お前を、捜している」

傍観するような余裕を見せるドミニクに、ますます不安は大きくなった。

「芦澤、……さん……は……、……絶対……捕まったり……、……しま……、……」

無線でも使っているのか、機械を通した慌ただしい音が聞こえてくる。イタリア語で指示する声や怒鳴り声が飛び交い、榎田に現場の状況を想像させた。

見える。芦澤たちを追っているのは、ドミニクたちマフィアやその息のかかった者たちだ。打たれたクスリの影響なのか。ただの悪夢を見ているのか。芦澤たちが圧倒的不利な状態下で動いているのがわかる。まるで、ドミニクの手のひらの上で踊らされているように、すべて見透かされ、どんな手も通用しない。その包囲網は少しずつ狭まっていき、袋の鼠《ねずみ》のように徐々に追いつめられていく。あとは、捕まるだけだ。

（芦澤さん……逃げて、……くだ……さ……）

何度もそう訴えるが、届くはずはなかった。自分は取引の材料に使われるのかと思ったが、榎田は再び別の建物の中へと連れていかれ、部屋に監禁される。

逃げようにもドミニクの部下が何人もいて、少しの隙《すき》もない。躰も思うように動かず、今は静かに回復を待つしかなかった。

（ど……なったん、だ……ろ……）

部屋にはたった一人で、榎田はうつ伏せに倒れたまま、虚《うつ》ろに目を開けて目の前の床を眺めていた。頭の中では、先ほど聞いた音声が延々と流れている。

一時間経ったのか、まだ五分しか経っていないのかわからない。

そんな状態がどのくらい続いただろうか。誰かが部屋に入ってきたのがわかり、榎田はゆっくりと顔を上げた。霞《かす》む視界の中に見えたのは、ドミニクの姿だ。

「残念だ。アシザワは逃げたぞ。だが、一匹捕まえた」

不敵に笑うその表情に、ぞっとなった。狩りを愉しんでいる者の顔だ。捕らえ、自分のテリトリーに引きずり込んで、心ゆくまで獲物を嬲《なぶ》ろうとしている。

ドミニクが顎をしゃくると、若い男たちが両側から抱えるようにして一人の男を引きずってきた。その姿を見て、息を呑む。

「岸谷さ……」

連れてこられたのは、岸谷だった。暴力を受けたのだろう。顔は血まみれで、左脚のつけ根のあたりが血でぐっしょりと濡《ぬ》れていた。撃たれているのかもしれない。武闘派と言われていた岸谷がここまでやられるなんて、榎田は背筋が凍る思いがした。

マフィアの怖さは理解した気になっていたが、榎田が考えていた以上なのだろう。

「う……っ」

床に崩れ落ちた岸谷が、小さく呻《うめ》いた。跪《ひざまず》かされ、項垂れている。

「こいつがアシザワの重要な、部下だってことは、知ってる。こいつなら、スワの居場所も知ってるだろう。口を割らせる」

ドミニクの言う通りだ。岸谷なら、間違いなく諏訪が入院させられている場所を知っている。

榎田は、諏訪の居場所を知らされておらず、ドミニクもそれをわかっていたからこそ、あれだけで済んだ。榎田が受けた拷問も恐ろしくて苦しくて、死をも覚悟するほどのものだったが、もし諏訪の居場所を知っていたら、あんなものでは済まされない。

岸谷に対してどんな拷問をするかと考えただけで、恐ろしくなる。

「……岸、谷さん……っ」

信じたくはないが、今、ドミニクのほうが一歩も二歩も先手を打っていると言えた。綿密な情報収集により、有利にコトを運んでいる。地元の強みもある。

自分たちのテリトリー内に芦澤を引きずり込んだのは、日本で勝負をかけても、不利だとわかっているからだ。

もし、木崎が生きている証拠を摑《つか》むことができれば、芦澤はさらに不利になる。

そうでなくとも、イタリアでなら証拠を残さず、芦澤や舎弟たちを殺すこともできるかもしれない。裏切りの証拠という組への手土産はなくなるが、少なくとも敗北にはならない。

「オマエ、若頭の恋人を、認めてないんだってな。そんな奴のために、耐えるのか？」

くだらないとばかりに言い放つドミニクを見て、榎田は少しでも岸谷から自分へ注意を逸《そ》らそうと挑発的に言った。

「その人を……拷問したって、意味はない。僕のためじゃなく、芦澤さんのために……」

「そう言えば、許してやると思ったか？　残念だったな。こいつはオマエと違って、殺してもいい男だ。アシザワの舎弟は、他にもいるからな」

「仲間を……たくさん使って……、自分は、安全なところで……、部下が捕まえてきた、相手をいたぶる、だけですか？　……臆病者《おくびょう》……っ」

侮辱してやったつもりだが、ドミニクの愉しげな表情は変わらない。

「自分に注意を向けたつもりか？　日本人の美しいココロがどこまで続くかな？」

言いながら、跪かされた岸谷の前に立ちはだかった。榎田ごときの挑発には乗らない。どんな罵声《ばせい》も、笑いながら聞き流して自分のすべきことを淡々と推し進めるだろう。

「スワの居場所を知っているんだろう？　オマエは、アシザワが最も信用している、舎弟の一人だ。知らないはずはない」

ドミニクの言葉に、岸谷は唇を歪めて嗤った。

殺されることになっても、喋《しゃべ》らないという意志がそこにはあった。命乞《ご》いをしたくなる状況でも、態度を変えることはない。

「岸谷さ……っ！　やめ……てくださ……い……、　やめろ……っ」

なんとか立ち上がって阻止しようとするが、無駄だった。簡単に押さえ込まれ、腕をねじ上げられた状態で自由を奪われる。

ドミニクの合図をきっかけに、舎弟たちが白いボトルを持ち込み、岸谷の上着とワイシャツが剝《は》ぎ取られた。中に入った液体がなんなのかわからないが、これから何が起きるかくらい想像はつく。

自分が何をされるのか痛いほどわかっているだろうが、岸谷は顔を上げてまっすぐにドミニクを見据えた。ドミニクの部下がボトルのキャップを外して、薬品独特の刺激臭がしてもそれは変わらない。

「……岸谷、さん……っ！」

両側から押さえつけられた岸谷の背中に、ボトルの中身が注がれた。

「――ぁぁぁあああああ……っ！」

苦痛に満ちた岸谷の声が部屋に響き渡る。

皮膚が焼けた匂いと薬品の臭《にお》いが鼻につき、今まで嗅《か》いだことのないようなそれに顔をしかめた。本能が、あれは危険なものだと感じている。触れただけで、人の皮膚があんな臭いを放つのだ。目に入れれば失明するかもしれない。そして、ドミニクが口を割らせる手段の一つとしてそうするかもしれない。

「ぐぁぁぁあああ……っ、……ぅうう……っ、――ぁぁぁぁあああああ……っ！」

耳を塞《ふさ》ぎたくても、それは次々と流れ込んできた。息をつく間もないほど、次々とだ。どれほどの苦痛だろう。まるで、地獄の底から湧き上がってくるような呻きだった。

それでも岸谷は、屈しようとはしない。その態度は、ドミニクの残酷な気持ちを掻《か》き立てたようだ。

「まだ、言わないか。じゃあ、ツギは飲んでみるか？　内臓が溶けていくのをカンジながら、死んでいくのもいいだろ」

信じられない言葉だった。あの薬品を飲ませるなんて、榎田には考えもつかない。

（助けてください。芦澤さん……、……芦澤、さ……っ）

恋人を思い、何度も心の中で念じた。このままでは、岸谷は死ぬ。殺される。

岸谷が上を向かされ、棒を噛《か》まされて口をこじ開けられる。本気で飲ませる気だ。内臓を焼き、殺そうとしてる。

「……やめてくださ……、……やめ……っ、——岸谷さ……っ！」

その時、にわかに外が騒がしくなり、若い男が何か怒鳴りながら中に入ってきた。報告を受けたドミニクの表情が険しくなる。「アシザワ」という単語が聞こえた気がして、折れかけていた榎田の心に、再び力が戻った。

芦澤なのか。芦澤たちが、助けに来たのか。

言葉はわからないが、その表情に浮かんだ焦りは先ほどまでにはなかったものだ。自分の立てた計画とは違うトラブルが起きている。そして、それは芦澤によるものに違いなかった。

わずかな希望が湧いてくる。

榎田たちは、即座に部屋から連れ出された。間違いない。あたりに注意しながら移動する男たちの様子から、芦澤たちが救出に来たことを確信した。建物の外に出た途端、視界が真っ白になった。

閃光弾《せんこう》のようなものかもしれない。

「弘哉！」

腕を摑まれ、まだ視界の利かない状態で走らされた。何度も躓《つまず》きそうになるが、そのたびに転ばないようグッと力を籠《こ》められる。この手は、ドミニクの仲間ではない。榎田を支えるような手は、よく知っている手だ。間違えるはずはない。目を開け、それを確かめる。

「芦澤さん？」

「悪かった。待たせたな」

よく知っている、余裕を感じる笑みを見せられて恐怖は消えた。芦澤が来てくれた。どんな不利な状況下でも、もう大丈夫だという気持ちになれる。

「本庄っ！　援護する。岸谷を連れて先に行け！」

「はい！」

振り向くと、岸谷を担いだ本庄が見えた。他にも、芦澤をよく護《まも》っている舎弟が三人、芦澤が向けているのと同じ方向に銃を構えている。

本庄はあの細身の躰のどこにそんな力が隠されているのかと思うほど俊敏な動きで、決して細身ではない岸谷を軽々と担いだまま路地を走っていった。

「若頭ぁっ！　次、行ってください！」

舎弟の一人が叫ぶが、ドミニクたちが撃ってきて、身動きが取れなくなった。本庄の走ったほうに行けそうにない。

「お前らが先に行け！」

「ですが……っ！」

「例の場所で合流するぞ！　弘哉、こっちだ」

言うなり、本庄が向かったのとは別のほうへ走らされる。

「芦澤さんっ！」

二階のバルコニーに男が現れ、榎田は咄嗟《とっさ》に叫んだ。銃声。

「ぐぁ……っ」

男が目の前に落ちてくる。それを飛び越え、さらに走った。路地は迷路のようだ。しかも、打たれたクスリが完全に抜けていないため、時折足がもつれる。ついていくのに必死だった。追いかけてくる足音が次第に多くなり、包囲網が次第に狭まっていくのを感じた。このままでは、捕まってしまう。

「頭を下げろ！」

積み上げられたドラム缶のようなものの後ろに隠れた。芦澤は空のマガジンを替え、少しずつ近づいてくるドミニクたちに応戦している。

「芦澤さん……っ」

「俺が合図したら、ここをまっすぐ走れ。海が見えたら右に向かえ。本庄たちがいるはずだ」

「でも……っ」

「俺はあとから行く」

芦澤を置いて逃げたくはなかったが、ここで二人とも捕まるわけにはいかなかった。自分が一緒に捕まれば、必ず足手纏《まと》いになる。ドミニクに有利な材料になる。

「──行け！」

それを聞くなり、榎田は走り出した。

本庄たちに知らせれば、芦澤を援護しに来る。援護を呼びに行けるのは、自分しかいない。

「……ぅ……っ！」

背後から放たれた銃弾が自分のすぐ近くを掠《かす》めたのがわかった。思わず身を固くするが、足は止めなかった。言われた通り、全力で路地を抜けて本庄たちのいるほうへ向かう。

海が見えた。右方向にしばらく走ると、バンが停まっている。

「こっちです！」

「本庄さんっ！　芦澤さんが……っ！」

「わかってます。救出に行きます」

飛び込むようにしてバンに乗ると、それはすぐさま路地へ向かって走り出した。

「頭を下げていてください！」

銃声が聞こえた。マシンガンかもしれない。激しい銃撃戦に、榎田は頭を両腕で覆って小さくなっていることしかできなかった。周りは敵だらけだ。

バンは何かに激しくぶつかりながら、猛スピードで走っていく。

真夜中のシチリアに、銃声が何度も轟《とどろ》いた。


追っ手を撒《ま》いて隠れ家についた時は、朝日が昇ろうとしていた。

どこなのか、まったく見当がつかないが、しばらくの間の安全は確保できるだろう。岸谷も無事に連れ出すことができた。あれほどの怪我《けが》を負った人間を連れて、誰一人欠けることなくここまで来られたのは、芦澤たちの連携がよかったからだ。

山の斜面に這《は》い蹲《つくば》るように建っている民家の一つが、芦澤たちが用意していた隠れ家のようだ。

まさか、こんなところに身を隠す場所があったなんて、意外だった。

どこもかしこもドミニクたちマフィアの息がかかっていて、隠れる場所などないと思っていただけに、少しでも休息の取れる時間を確保できたのはありがたい。

「大丈夫です。マフィアを恨んでいる人間もいますから。ここなら、しばらく誰も来ません」

人が住んでいる気配はないが、思ったより広く、部屋はいくつもあった。

「若頭っ！」

若い衆が芦澤を呼ぶ声に、榎田はハッとなった。振り返ると、芦澤の姿が目に飛び込んできた。

（よかった……）

救出できたとは聞いていたが、別の車に乗ってきたため、その姿を見てようやく安堵する。

芦澤も傷を負っていた。幸い大事には至らなかったものの、流れ弾が腕を掠めたらしく、滴る血が指先からポタポタと落ちている。

「弘哉」

抱きしめられ、榎田も抱きしめ返した。こうして再会できたことが信じられないが、少しずつ夢ではないと実感できる。

もう一度、こうして芦澤の存在を感じられることに感謝した。

「大丈夫だったか？」

「はい。平気です。芦澤さん、その怪我は……」

「ちょっと弾が掠っただけだ」

心配するな、とつけ足され、髪をくしゃっとされる。ちょっと掠ったなんて言葉で片づけられる怪我ではないだろうが、心配をかけまいとする芦澤の気持ちがわかる言葉だった。

「お前こそ平気か？　俺たちが踏み込んだ時は、目の焦点が少しおかしかった。クスリでも打たれたか？」

「何かわかりません。最初に二本くらい打たれて、心臓が急におかしくなって、爆発しそうな感じというか、息ができなくなりました。そのあと、移動する時に別のクスリを打たれたんですけど、そっちはすごく躰がだるくなるもので……。でも、もう大丈夫みたいです。今は落ち着いてます」

「本庄にあとで看てもらえ」

「はい。それより岸谷さんが心配です」

そう訴えると、別室へと連れていかれる。そこにはベッドがあり、本庄が岸谷の怪我の状態を看ていた。薬品による火傷《やけど》は、肩から左腕にかけて広範囲にわたっている。赤くただれた患部は痛々しく、直視できなかった。

このままでは、感染症などを引き起こすかもしれない。そう思うと、責任を感じずにはいられなかった。自分がイタリアになど来なければ、岸谷はこんな目には遭わなかった。

「そんな顔をするな。もともとは俺を狙ったものだ。巻き添えになったのは、弘哉のほうだぞ」

「あの人は……本当に恐ろしい人でした」

「悪かったな。もう少し早く情報を手に入れられたら、お前のイタリア行きが奴らの仕組んだ罠だと気づいたんだが」

「いえ……、そんなこと……」

ここまで来てくれただけでもいい。

「でも、どうして……僕たちの居場所がわかったんですか」

「躰に発信器を埋め込んだんだよ」

「埋め込んだって……？」

すぐには、どういうことなのかわからなかった。芦澤を見ると、その視線は岸谷の状態を看る本庄の手元に注がれている。

「岸谷をあいつらに捕まえさせたのは、計画の一つだ」

「え……」

「お前の居場所を摑むために、あえて捕らえさせた」

本庄の用意している道具は、明らかに手術用のものだった。それを見て、ようやくわかる。

「だから、体内に……？」

衣服の中に忍び込ませても、見つかるとわかっている。だからこそ、そんな乱暴なやり方を選んだのだ。そして、ドミニクたちにとって有利な状況でコトが進んでいると思い込ませたのが、彼らの油断を呼んだ。そのために劣勢を装い、岸谷を送り込んだ。

想像の範疇《はんちゅう》を超えている。

「本庄、どうだ？」

「発信器のほうは問題ありません。すぐに取り出せます。ですが、脚の怪我が思ったより出血が多いです。大きな血管がありますから」

「血の気が引いてるのはそのせいか」

「はい。でも幸い内臓は無事のようです。さすがにここで開腹手術なんてできませんし、それはラッキーでした」

殴る蹴るの拷問ではなく、じわじわといたぶるような拷問だったことを思い出し、無意識に顔をしかめた。あんなことができるなんて、ドミニクたちマフィアの恐ろしさを思い出して、躰がぶるっと震えた。それに気づいたのか、芦澤の手が背中に触れ、もう心配ないとばかりに優しくさする。

「輸血しながら縫います。発信器はそのあとで」

輸血と簡単に言うが、設備の整っていない場所で、自分の血を誰かに分け与えることがどれほど危険か――。

本当にそんなことができるのかと思って見ていると、本庄は自分の腕に注射針を刺してから、長いチューブで繋がったもう一本の注射針を岸谷の腕に刺した。チューブの途中に、少し大きめのプラスチックのケースのようなものがついている。

「時間がかかります。白血球を除去しながらですので。輸血パックが用意ができたらよかったんですが」

本庄の説明によると、そのまま血液を送り込むと輸血後ＧＶＨＤという、いわば血液の拒否反応が出ることがあるらしい。血液型が同じでも、臓器移植で拒否反応が出ることがあるように、血液でも同じことが起きる。それを防ぐため、通常輸血には放射線を照射して白血球の一つであるリンパ球を不活性化されたものが使われる。

輸血なんて簡単に言うが、やはり本来なら設備の整った場所でやるべきことなのだ。

だが、こんな緊急措置を取らなければならないほど、追いつめられているとも言える。ドミニクの追っ手は、まだそこら中にいるのだ。

「俺の、アイデアだ。あんたに、……そんな顔、されたくねぇ」

岸谷が苦しそうにしながらも、顔を上げた。本庄に動かないよう制されると、再び頭を枕《まくら》に沈め、目を閉じる。

岸谷が何を訴えようとしているかは、わかった。芦澤は、舎弟たちをただの道具にするような男ではない。そして、岸谷たちは芦澤のために命を張ることに対し、少しも躊躇《ちゅうちょ》しない。それが榎田を救うことでも……。

すべて、榎田のためではなく、芦澤のためだ。

「岸谷さんに言われなくても、僕だってわかってます」

榎田が言うと、岸谷は目を閉じたまま軽く口許を緩めた。そして、そのまま手から力が抜ける。

「本庄」

「大丈夫です。自分が死なせません。気を失っただけです」

本庄の真剣な横顔を見ながら、榎田はあることを思い出していた。

出会ったばかりの頃、芦澤は組の地位には興味がないと聞いたことがある。役割を果たすために、地位を守っている。今も、おそらくそうだろう。のし上がって組のトップに立つということは、芦澤の野心が起こさせるものではない。

芦澤には、舎弟がいる。芦澤を信頼し、ついてきた舎弟たちが。榎田のことを認めていなくても、芦澤のために榎田救出を全力で成し遂げようとする。それがどんなことでも、芦澤のためなら命を張るのだ。

だからこそ、芦澤も簡単に自分の地位を捨てられない。

脚の怪我の吻合《ふんごう》が終わると、本庄はようやく発信器を取り出す手術に取りかかった。

「どうした？」

「麻酔が足りません」

「あるだけ使え。あとの奴はなんとかなる」

一度吻合した糸を切り、治りかけた傷口をメスのようなものでもう一度開く。痛みからか、気を失っていた岸谷が再び目を開けた。だが、本庄は手を止めない。岸谷もやめてくれと訴えるようなことはなく、ベッドを摑んで痛みに耐えていた。

「ぅ……、……ぅうう……っ」

手術用のハサミのようなものが傷口に差し込まれ、中に埋め込まれた発信器が取り出される。血まみれで、あんなものをよく躰の中に仕込んでいたものだと思った。芦澤を慕う者たちには、いったいどれほどの忠誠心があるのだろう。

「よくやった、岸谷。お前のおかげだ」

芦澤の言葉に、岸谷は少しだけ表情を変える。

嬉《うれ》しそうだった。誇らしげで、自分が役に立てたことを喜んでいるのがわかる。いつもは怖い印象しかないが、今は子供っぽく見えた。親に褒められた子供の顔だ。もしかしたら、家庭環境に問題があった中で育ったのかもしれない。

「若頭には、……恩が、ありますから……」

それだけ言い、再び目をつぶる。

「寝たか」

「はい。若頭の治療もしますので、こちらに……」

「輸血が終わってからでいい」

麻酔を使い切ってしまったことを思い出し、芦澤のことが心配になった。麻酔なしで傷を縫うのかと思ったが、そのくらい当たり前だというように、自分の番になると淡々と治療を受ける。

芦澤は、呻き声一つあげなかった。


治療を終えた芦澤と別室に移った榎田は、アルコールで躰を拭《ふ》き、用意されていた新しい服に着替えた。シャワーを浴びることはできないが、これだけでもずいぶんすっきりし、ようやく人心地つく。

本庄の話によると、榎田が尋問された時に打たれたクスリはおそらく強心剤の一種だろうということだった。

自白剤といえば、バルビタール系の薬で鎮静効果のあるものを使うことが多いが、榎田の場合は自白目的というより、脅しのためだ。ドミニクも言っていたように、榎田が諏訪や木崎に関する情報を持っているとは思っていなかったから、あの程度で済んだのだろう。

また、拷問の時に使うクスリでもあり、気を失わせずに延々と拷問できるのだという。

あのまま救出できなければ、岸谷に投薬したに違いない。

延々と苦痛を与え、情報を引き出す――。

もし、情報を得られずとも、芦澤の恋人である榎田とは違って代わりはまだいるのだ。人を人とも思わないやり方で、死ぬまで拷問しただろう。そういったことを平気でする相手だ。

たいした怪我もなく、無事に逃れられたのは本当に奇跡だったのだと思い、そのために自分を犠牲にした岸谷たちには、感謝してもしきれなかった。

「弘哉。一人でよく耐えたな」

「僕は……たいしたことは……」

「いや、お前はたいした男だよ。こんな状況でも、落ち着いていられるんだからな」

治療を終えたばかりの芦澤の躰から、消毒薬や微《かす》かな血の臭いがした。ただれた岸谷の怪我も視覚的なインパクトがあり、頭から離れない。

「岸谷さんは、大丈夫でしょうか」

「ああ。本庄がついてるからな。お前は心配しなくていい」

落ち着いた言い方だったが、芦澤の目に小さな焔《ほむら》があるのを榎田は見逃さなかった。

それは静かだが、何よりも熱い怒りだ。自分のためなら命すら惜しくないと思っている舎弟を、嬲り殺されるところだった。榎田の話から、どんなつもりで岸谷を拷問をしていたのかわかっている。

遂行はされなかったが、そんなことは関係ない。芦澤の怒りを鎮めるには、別のものが必要だ。

「この落とし前はつけさせる」

静かに、だがその奥に激しさを感じる声だった。手を伸ばし、獣に触れる。

今まさに、芦澤は野性そのものだった。この怒りは、ドミニクに対するものでもあったし、自分に対するものでもある。若頭という立場上、舎弟たちに護られるのは当然だが、平然としていられるかはまた別だ。岸谷のアイデアとはいえ、榎田の居場所をつきとめるために発信器を躰に埋め込んでわざと捕らえさせたのは、他でもない芦澤だ。

「大丈夫ですか？」

「ああ。なぜそんなことを聞く？」

「だって……つらそうだから」

そう言うと、芦澤は自虐的な笑みを見せた。こんな顔を見るのは、初めてだ。手を伸ばし、その頬に触れて芦澤を掻き回すものを感じ取ろうとした。

いや、もしかしたら半分背負いたかったのかもしれない。今の自分にできることがあるかどうかわからないが、少しでもその助けになるなら、なんでもしたい。

「弘哉」

手を摑まれ、伝わってくるその思いを黙って感じていた。

「今は、俺に触れないほうがいい」

せっかくの忠告だが、それを聞く気にはなれなかった。怒りに満ち、己の身すら焼き尽くしそうな焔を抱えた恋人を放ってはおけない。

「どうしてです?」

「言わせるな」

「どうして……?」

「今は、冷静になれそうにない」

「だったら、冷静になんてならなくていいです。僕は、なんのために芦澤さんの側《そば》にいると思ってるんですか?」

榎田は芦澤の前に立ち、自分を差し出すように恋人を静かに見下ろした。ゆっくりと顔を上げた芦澤の深い色の瞳に、榎田の姿が映っている。

「芦澤さん、僕は……いつだって芦澤さんのものです」

「いいのか?」

「はい。そんなこと、聞かないでください」

いいのかなどと断りを入れるなんて、芦澤らしくないと思った。だが、それは芦澤が自分でもどこまでしてしまうかわからない状態にあるからだとわかる。いつもは道具を使い、信じられない開発をされるが、すべてその思惑の中で行われることだ。続けることもやめることも、芦澤の意のまま——。

けれども、今夜は芦澤本人ですら自分の中の獣がどう変貌《へんぼう》するのか予想がつかない。

「弘哉。お前の躰で、宥《なだ》めてくれ」

怒りを鎮めるために抱かれることに、酩酊《めいてい》した。自分がその相手でよかったと、心から思える。芦澤の気が少しでも紛れるのなら、いくらでも躰を差し出したい。

「……っ」

強く引き寄せられ、ベッドに押し倒された。自分を見下ろす芦澤の目にいつもと違うものを感じるが、臆することなく見つめ返す。全部受け止めてみせると無言で訴えると、榎田の気持ちが伝わったのか、いきなり首筋に嚙みつかれた。

「——ぁ……っ、……ぁあ！」

与えられる痛みに、苦痛の声が漏れる。

これほど強く歯を立てられたことがあっただろうか。痛みに顔をしかめるが、同時に心に広がるのは悦《よろこ》びだ。肉体的な悦びに加え、精神的なそれが榎田をより被虐的にする。

芦澤を躰で宥められるのは自分だと思うと、それだけで満たされた。

男である自分がこんな気持ちを抱くなんておかしいと思うが、どんな形であれ、愛する者を楽にできるのならそれでいい。

「……っく、……ぁ……、……はぁ……っ」

鎖骨を舐《な》め回され、強く嚙まれて、榎田は苦痛と悦びに喘《あえ》いだ。そうしている間に、まるで犯すような荒々しさで衣服を剝ぎ取られて全裸にされる。芦澤はいったん身を起こして無防備に横たわる獲物を見下ろしながら自分も勢いよく身につけているものを脱ぎ捨てると、再び襲いかかってきた。

荒ぶる獣の首に腕を回して頭を掻き回し、もっとひどくしてくれていいと訴える。

「ぁあ……、……んぁあ、……っく、……ぁあ……っ」

次々と溢《あふ》れる声が歓喜していることを、芦澤はわかってくれるだろうか。

薄い壁の向こうには、芦澤の舎弟たちがいるが、誰に聞かれても構わない。それで、芦澤の心が少しでも安まるのなら、どんな求めにも応じてみせる。

「ぁ……、……芦澤さ……、……芦澤……さ……ん、……あしざわ……さ……っ」

気持ちが昂《たか》ぶり、榎田は何度も恋人の名を唇に乗せた。

芦澤は何も言葉を発しないが、動物じみた息遣いや男っぽい喘ぎ声が時折漏れ、それは筆舌に尽くしがたい悦びを呼ぶ。

言葉を発する余裕がないほど、この獣は夢中で自分を喰《く》らっているのだ。理性などかなぐり捨て、欲望のままに――。

そう思っただけで、ますます倒錯めいた悦びに包まれた。

自分は芦澤に捧げられた生贄《いけにえ》だ。自ら望み、その贄となっている。

「あう……っ、……っく」

乱暴な愛撫《あいぶ》は、鎖骨からさらに下へと移動していき、二つある胸の飾りに到達した。開発された突起には今は何も装着されていないが、幾度となく弄《いじ》られたその場所は、いとも簡単に反応する。盛り上がった乳輪を舌先でなぞられただけで、表皮を甘い戦慄《せんりつ》が走った。

「ん……っ、……ふ、……んぁ、あ、……はぁ……っ」

痛くて、けれども執拗《しつよう》な愛撫にそこが応《こた》えているのは間違いない。

「ぁ……、芦澤さんの……もの、……です……、……全部……、ここも……、ここも……、……ここも……、僕の……すべてが……、芦澤さんの……」

びくびくっと、小刻みに躰を跳ねさせながら、控えめに尖《とが》った突起への愛撫に身悶《みもだ》える。唇で強く挟まれ、先端を突き出すように背中を浮かせた。

「んぁあ……っ、……んぁあ……、……ぁ……あ……、……は……っ、……や……っ」

あまりの愉悦に頭を振り、自分の指を噛みながら、のたうち回る白蛇のように汗ばんだ艶《つや》やかな白い肢体をくねらせる。すると、芦澤の口から男っぽい喘ぎが漏れた。

次第に獰猛《どうもう》さを増していく息遣いに、深い酩酊に誘われ、ずぶずぶとのめり込んでいく。このまま深く深く沈んでいくかのように思えたが、乱暴に後ろを指でほぐされ、我に返った。

「ぁあ……っ！」

あてがわれ、熱の塊をいきなりねじ込まれる。

「ぁ……っく、……ぁあ……っ、――くぅ……っ！」

戯れも何もない、即物的な繋がりだった。あまりの苦痛に、背中に回した腕に力を込め、自分を苦しめる者の肌を引っ掻いた。そこには、色鮮やかな吉祥天がいる。

今は肩のところに炎の先しか見えないが、天井に埋め込まれた鏡の下で抱かれた時のことを思い出し、榎田は脳裏に自分たちの様子を思い描いた。

芦澤が自分を突き上げるたびに動く艶《なま》めかしい背筋の上で、彼女も、そして炎も揺れている。炎は、男でありながら同じ男に身を差し出す罪深い榎田を焼く煉獄《れんごく》のそれであったし、榎田が抱える情炎でもあった。そして、芦澤の逞《たく》しい肉体に組み敷かれる己の姿は、その罪深さ故、折檻《せっかん》されているようでもある。

そんな思いは、榎田の底に眠る欲深さを叩き起こした。

強く、もっと強く、自分を突き上げてくれて構わないと望んでしまう。

「……ぁあ……、……ひ……っく、……んぁあ……っ、……ぁああ……っ！」

「弘哉……っ」

抑えきれない衝動をなんとかしようとしているが、目と目を合わせたまま、涙で揺れる視界の中にいる恋人に言う。

「……っ、……い、……いいん、です、……いいんです……っ」

もっとぶつけて欲しくて、榎田は脚を開いて自分を喰らう獣に己を差し出した。深く挿ってきてくれと躰で訴えながら、欲しているのは芦澤だけではないと、自分もだと伝える。榎田の肌の上で踊る黒龍《こくりゅう》も、より鮮明に浮かび上がって主《あるじ》の心の内を訴えていた。

すると、それがわかったのか、芦澤の容赦ない抽挿が始まる。

「んぁぁああ……っ、あっ、あっ！」

まるで、ずっと欲しかったものを手に入れたような気分だった。

何度躰を重ねても足りない。この瞬間を何度味わっても、満足することはない。すぐに、欲してしまう。

「芦澤さ……、……もっと……、……もっと……、くだ……さ……、……もっと……っ」

「……弘哉……、……ぅ……っく、……っ、……弘哉……っ」

切実なまでに求めてくる芦澤が、愛《いと》おしかった。

背負うものが多すぎる恋人を、今の間だけでもそれらから解放してやりたかった。この瞬間だけは、それが叶うと信じている。

今だけは、すべて自分を抱くことで満たして欲しい。

「ぁ……ん、……んっ、……んぁ……」

唇を重ねられ、強く吸われ、榎田も舌を絡めて獣と化した。自分でも驚くほどの激しさに突き上げられるように、心のままに唇を開いた。

「んぁ……、……はぁ……、……ぁ……っく、——痛ぅ……っ」

いきなり耳朶《じだ》が熱に包まれ、眉《まゆ》をひそめる。

強く噛みすぎたのか、首筋を伝ったのは、血だった。噛まれた耳たぶから滴る鮮血がシーツを汚すが、それも悦びでしかない。

舌で血を掬《すく》った芦澤に、再び唇を重ねられると独特の味がした。自分の流した血の味を芦澤の舌に感じながら、より深い交わりを求める。

「ぁあ……っ」

「……弘哉……っ、……っく、……ぁ」

「お願い、です……、……全部……、――ぁ……っ！」

繋がったままうつ伏せにされ、さらに尻を鷲摑みにされて腰を打ちつけられた。恋人の腰で尻を叩かれる音に犯されながら、目も耳も、すべての感覚をこの行為でいっぱいにされる。

「嬉し……です……、……うれし……い……」

発情期の雌猫のように恥ずかしげもなく尻を突き出し、腰を反り返らせていることに少しの躊躇もなかった。うなじに嚙みつかれ、震えながら自分の血がついたシーツに顔を埋《うず》めて何度も啼《な》いた。

何度も、何度も……。


まるで迫りくる死の匂いに触発されたように、動物じみたセックスをした榎田は、芦澤の腕の中でひとときの安らぎを味わっていた。

即物的とも言える繋がりだったが、この行為は精神安定剤のように榎田の不安を払拭《ふっしょく》した。ドミニクにされたことを振り返っても、不思議と恐怖が戻ってくることはなかった。麻痺《まひ》したのとも違う。腹を括《くく》って現実を直視できるだけの強さを、芦澤に貰ったような気がする。

「あの……芦澤さん……」

「なんだ?」

腕枕をされた榎田は、天井を眺めながら切り出した。

ずっと避けてきた話だ。知らないふりをしていた。芦澤もそれはわかっていただろう。あえて聞かないことで、何かを護ろうとしてきた。だが、こうなった今、もう見守るだけの段階ではないとわかる。いずれ来る時のために、聞いておきたかった。言葉にして欲しかった。

髪を梳《す》く指先の優しさに身を委《ゆだ》ねながら、独り言を呟《つぶや》くように言う。

「ドミニクという人は、諏訪さんか木崎さんの居場所を聞き出そうとしてました」

「ああ、わかってる。俺を失脚させるには、組長への裏切りを証明するのが一番だからな。ここで俺を殺してもいいが、おそらく狙ってるのは日本の市場だ。慎重にコトを運ぶだろうな」

「木崎さんが生きてることを、あの人も知ってます」

その言葉を口にした途端、これまで堪《こら》えてきたものが溢れそうになった。生きている二人を再び会わせてやりたい。今は無理でも、いずれ二人が誰にも咎《とが》められない場所で自分たちのために生きていけるようになって欲しい。

「今回の黒幕は、組長の隠し子だ」

その言葉が何を意味するのか――榎田は少し考え、顔を上げてから芦澤を覗き込んだ。

「黒幕？　ドミニクという人が桐野組長の隠し子じゃないんですか？」

「いや、違う。組長《おやじ》の血を引いてるのは、ベリッシモという男だとわかった。なかなか尻尾《しっぽ》を出さなくてな、それだけ厄介な相手とも言える」

「あの人より、もっと手強《てごわ》いってことですよね」

「ああ」

榎田は、静かにその事実を胸に刻んだ。空港で拉致されてからこれまで経験したことだけでも、現実にあったことだろうかと疑いたくなるほどの経験だったというのに、これは序章なのかと思うと、身構えてしまう。

それでも、怖くはなかった。いや、怖い気持ちはあるが、立ち向かえると今は信じていた。

もし、このことが発覚すれば、芦澤も木崎も諏訪も組から追われることになる。そんなことはさせない。

自分に何ができるとも思わないが、気持ちだけでも強くありたいと思った。

「ドミニクという人は、一番の舎弟みたいな立場にいるんでしょうか」

「いや、繋がりはもっと強固だ。ベリッシモの母親が、ドミニクも一緒に育てたらしい。兄弟みたいなもんだ。本当の母親のように接したんだろう。弟のように思っているベリッシモのためなら、なんでもする。ただのソルジャーじゃない。それ以上の心の繋がりがある」

兄弟のように——。

それは、榎田が思っていた以上に強固な関係を意味していた。

芦澤の話によると、マフィアはファミリーと呼ばれる強い結束の中で、オルメタ《血の契》の名のもとに組織を大きくしてきた。ベリッシモはファミリーの中でもカポレジームという、いわゆる幹部にあたる地位にいる。実力でのし上がったが、実の父親が日本のヤクザとなると、その地位を狙う別の人間には足元を掬う材料になるだろう。

「そいつも、自分の地位を護ろうとしてる。マフィアも日本のヤクザも同じだ。昔は、裏切りは決して許されなかったが、ここ数年で変わった」

「何があったんですか？」

「別のファミリーの大物幹部がことごとく逮捕された。昔はタブーだった裏切りが、横行し始めてるってことだ。奴らも必死なんだよ。ベリッシモが日本の市場を狙っている理由も、弱体化するマフィアを護るためだ。生き残りをかけて、本気で日本を執りに来ようとしている」

なぜ、自分一人を拉致するのに、あれほどまで手の込んだことをしたのか、わかる気がした。

それほど欲しがっているのだ、日本の市場を。そして自分がカポレジームとして揺るぎない存在であるという証拠を。実の父親の組をつぶし、その市場を手に入れることで、自分の出自が爪《つめ》の先ほども組織の不安要素にならないことを証明したいのだ。

「でも、桐野組長もそう簡単に自分のシマを渡したりしないでしょう?」

「当然だ。組長も馬鹿じゃない。だが、情が判断を狂わせることもある。俺の裏切りが発覚したあとなら、なおさらだ。しかも、血を分けた自分の息子がそれを証明してみせたとなれば、どう判断するか俺にも予測はつかない。向こうがどんな手を使ってくるかもわからないしな」

確かにそうだ。桐野組長を取り巻く事情を考えると、何が起きてもおかしくはない。想定外のことが起きて当然という状況でもある。

そして、ベリッシモという黒幕がどれほどのしたたかさで芦澤たちを陥れようとするのかもわからないのだ。今回のことだけを振り返っても、これまでにない強敵だというのは確かだ。慎重で、抜かりがなく、気長にコトを運ぶことができる。時間をかけて、じっくりと罠を張り巡らせることができる男なのだ。こうしている今も、何か策を講じているかもしれない。

目的のために、どんな手段も使う、そして使うことのできる男だ。

「ずっと、我慢してただろう」

「え……?」

「諏訪のことだけじゃない。木崎が生きているかどうか、俺に聞かなかっただろうが。確信したのは、あいつに会ったからか?」

榎田は、すぐに言葉が出なかった。

やはり、芦澤はわかっていた。全部見抜いていた。木崎が生きていることも承知していた。その上で、沈黙を貫いてきたのだ。

「はい。木崎さんに会いました。芦澤さんもいたんですよ」

船でのことを思い出し、あの時のことを芦澤に説明しながら、今もどこかで生きている男のことを思う。

芦澤が力尽きたあと、沈没しようとする船の中で、木崎に会った。あのことを諏訪に教えてやれたら、どんなにいいかと思う。

「やはり、木崎だったか。岸谷が、おそらくあいつだろうと言ってたからな」

「僕一人で、気を失った芦澤さんを連れて、船の外に脱出なんてできません」

「そうだな」

軽く笑ったその横顔に浮かぶのは、複雑な思いだ。生きていることを純粋に喜ぶことのできない状況が、芦澤にそんな顔をさせる。

「我慢したのは、そうするべきだと思ったからです。芦澤さんを信じてたから、言葉にせずにいられたんです」

触れてくる芦澤の手に、熱情が帯びた。

ほんの今、あれほど激しく求め合ったというのに、まだ完全には収まっていない。それは、芦澤でなくむしろ榎田のほうだった。

どうかしていると思うほど、欲している。

「いずれ、あいつらを引き合わせてやろうと思う」

「芦澤さん……」

「木崎は……あいつには、幸せになる権利がある」

芦澤がどんな気持ちでその言葉を口にしたのかと思うと、胸が締めつけられた。

そうだ。木崎と芦澤の因縁は、深い。

妹の死を芦澤のせいだと思い、その息の根をとめるために組に入って芦澤に近づいた。復讐のために何年も使って右腕となり、その瞬間を静かに狙っていたのだ。

そして、芦澤への復讐は榎田へと向けられた。

けれども、木崎は自分の間違いに気づいた。深い悲しみを背負うことができずに、誰かのせいにしたかっただけだと……。

それからは、本当に右腕として芦澤のために身を捧げるように尽くしてきた。

感情のなさそうな男だが、人一倍感情が豊かだと思う。

そして、諏訪も――。

元々は芦澤のセックスフレンドで、誰とでも寝る淫乱《いんらん》だと自分で豪語するが、本当は意地っ張りなだけの寂しがり屋で、一途《いちず》で、心の優しい男だ。ずっと見てきたから、わかる。自分を傷つけずにはいられない人だが、木崎なら諏訪を救ってやれる。

「そう信じてました。芦澤さんなら、二人をいずれ引き合わせようとしてくれるって……」

「そのほうがお前も喜ぶ」

軽い口調で言った芦澤の横顔に浮かんでいたのは、決して簡単な決意ではなかった。

覚悟がある。

二人を引き合わせることは、それだけのリスクがあるのだ。芦澤だけでなく、芦澤に仕えている舎弟たちも巻き込んでしまう。自分の舎弟たちを捨て駒《ごま》のように使えない芦澤だからこそ、それは足枷《あしかせ》となるだろう。護るものが多すぎる。

だが、同時に、それが強みになることもある。今回、どう転ぶかは、まだ見えない。

「そのためには、上りつめる必要がある。誰にも文句を言わせないだけの地位を手に入れることが、あいつらを無事に引き合わせるのに一番いい手だ。組長が代替わりしたからといって、無罪放免というわけにはいかないだろうが、今よりも状況はよくなる。だから、待ってろ」

「はい。信じてます」

組の人間の目の届かないところで、二人が再会する日を思い描く。

涙が出た。

そんな日が本当に来るのかわからないが、少なくともそのために芦澤が動いてくれる。希望を抱いていいのだ。

「泣いてるのか？」

「すみません。木崎さんも諏訪さんも、僕にとっては大事な人ですから」

本当にそうなるといい。そうなって欲しい。

芦澤が組長まで上りつめるということは、恋人という立場にいる榎田が平和な日常から遠ざかることになるが、それでもよかった。そんなものはいらない。

だから、大事な人たちが幸せになって欲しいと心から思う。

「自分のことでは泣かないくせに、他人のためならお前は泣くんだな」

身を起こした芦澤に見つめられ、榎田も見つめ返した。頬を優しく撫《な》でられ、唇に視線を移すと榎田が何を求めているのかわかったようで、そっと口づけられる。

「ん……」

重ねた唇の間から、甘い声が漏れた。深い熱情とともに、情欲も湧き上がってきて、ほんの今抱き合ったばかりの躰はすぐに熱くなる。

けれども、ドアの外で人の気配がして、芦澤はゆっくりと躰を放した。

『若頭』

本庄が呼びに来たとわかると「残念だ」と言ってベッドを降り、床に放り出していた下着とスラックスを身につける。ドアを開ける背中には、吉祥天がいた。静かに榎田を見ている。

「本庄か。岸谷はどうだ?」

「安定してます。もう、動いても大丈夫でしょう。ここにとどまるのも、最小限にしたほうがい

いですから、準備ができ次第、場所を移動したいと思います」

中を覗こうとはせず、淡々と報告をする本庄の声に、続きはこの島を出たあとだと気持ちを引き締めた。もう、甘い時間は終わりだ。

ドアを閉めた芦澤が戻ってくるのを見て、榎田もベッドから降りて身支度をする。

「躰はつらくないか？」

「はい」

触れるだけのキスで、束の間の休息を終わらせる。

「この島から出るのは、難しいぞ。覚悟しろ」

甘い空気が、一気に緊迫したそれに変わった。

政治家も警察も、マフィアと深い繋がりがある。弱体化しているとはいえ、まだその影響が根強い地域と言える。特にシチリアは、マフィア発祥の地でもあり、本拠地とも言える場所だ。ここから誰一人欠けることなく、無事に脱出して日本へ帰ることがそう容易でないことは、火を見るより明らかだ。

だが、腹を括るしかない。道が一つしかないのなら、あとは突き進むだけだ。

「どんなことをしてでも、日本に帰りましょう。僕も、どんなことをしても、日本に帰りたい」

「頼もしいな」

榎田はその言葉を否定せず、そう言われてしかるべき男になろうと決心した。

「いい生地が、手に入ったんです。上質で、仕立てるのが楽しみになるような生地なんです。ボタンや小物はスーツケースの中なので、見つからないかもしれないですけど……。ここで死んだら、成仏できません」

その言葉に、芦澤はニヤリと笑った。視線を合わせ、榎田も口許を緩める。

まだ、余裕があるという証拠だ。こういうことを言えるだけの余裕が、自分にはある。

そう言い聞かせ、必ず日本に帰ると心に誓った。

4

部屋を出た榎田たちは、本庄たちがいる部屋に集まっていた。

岸谷はまだ休んでいるようでその姿はなく、本庄の他に三人の舎弟がいるだけだ。シチリアに入ったのは芦澤を含めて六人。信用のおける舎弟を日本にあと数人残しているのは、諏訪の身辺を手薄にしないためだ。今は、この人数でなんとか凌《しの》ぐしかない。

現在、榎田たちがいるところは、モッタ・カマストラというシチリア内陸部だった。断崖《だんがい》絶壁の上に民家が建ち並んでいるのが特徴で、廃墟《はいきょ》が多く、観光客は少ない。

シチリアにはいくつかの空港があるが、どこもドミニクたちマフィアの息がかかっている可能性があるため、使うわけにはいかない。公の機関が何一つ信用できない状況下で、自分たちの力だけでここから脱出するには、裏のルートを頼るしかなかった。正規の方法を使えば、必ず捕まると思っていたほうがいい。

「来たか?」

「はい」

本庄とともに入ってきたのは、目の細い、坊主頭の男だった。遅れてシチリアに入ったというこの男は、おそらくいつも芦澤を護っている舎弟の一人だ。遠くからしか見たことはないが、何度か店の周りを護っていたのを見たことがある。

「すぐに合流できなくてすみません。港で奴らに捕まりそうになって、予定を変更しました。それから銃の手配に時間がかかって……。かなり足元を見られましたけど、最低限の準備はできました。車に積んであります」

抱えているのは、油紙に入った拳銃と封筒に入った手帳のようなものだった。

「残りは車に積んであります。そっちもあとで確認してください」

榎田以外の全員が拳銃を手に取り、腰に差した。小さなものは足首にホルダーをつけて装着するなどし、一人三挺ずつ装備する。換えのマガジンもポケットに入れた。

目の前で行われていることだが、非現実的な場面に、夢を見ている気分だった。それだけ、ここからの脱出が難しいということだ。

「弘哉。これを持ってろ」

手渡されたのは、パスポートだ。写真は榎田のものだが、名前も生年月日も違う。

「偽造……？」

「通常のルートが使えないからな、万が一の時のために持ってろ。それに、警察は全員敵だと思ったほうがいい。どこに奴らの息のかかった人間が紛れてるかもしれない。島を出る前にパスポートの提示を求められたら、こっちを使え」

「はい」

パスポートは、入国審査を受けてイタリアに入ったことになっている。

「あの……僕は、銃を持たなくていいんですか？」

「慣れない奴が撃つと、とんでもない方向に弾が飛ぶ。仲間を撃ちかねないからな。お前は、自分が逃げることに専念しろ」

「わかりました。全力で逃げます」

護られるばかりは嫌だが、足手纏いになるくらいなら黙って指示に従うだけだ。

その気持ちがわかったのか、芦澤の手が後頭部に伸びてきて軽く叩かれる。

「相変わらず漢《おとこ》だな、弘哉は」

なぜ、そんなふうに言われるのかわからないが、自分の決断は正しいのだと思い、そのことだけに集中しようと思った。

「じゃあ、これから話すことを頭に叩き込んでください」

本庄がテーブルに地図を広げた。イタリア全土が載っている地図だ。それを囲む輪の中に榎田も入り、脱出までのルートの確認をする。

「今いる場所がここです。山間部からは手配した車二台に分かれて移動します。いったん街に出てから、海に向かったほうがいいでしょう。街の中心は一般車両が入れない区間が多いので、近くに着いたら車を降りたほうがいいかもしれません。そのへんは臨機応変にいきます。もし、車を降りることになったら観光客に交じって、ジャルディーニ・ナクソスという街に入ってください。海岸沿いの街です。そこで合流できるようならします。あとは船を用意してますんで、それに乗るだけですが、船へ乗り込むのは港からではなく海の上です」

本庄は、港から少し離れた場所に漁船を手配していた。一度漁船に乗り込んでから、途中で大型船に乗り換えてギリシャに入る。

漁船を停泊させるのは二時間。マフィアの目を盗んで人を島から出すには、これが限界だ。それ以上停泊させていると、ドミニクたちに見つかって捕まる可能性が高くなる。午後七時から九時の間までに、停泊場所まで自分たちの力で行くしかない。早くても遅くてもいけない。

しかも、船まではエンジンつきのゴムボートを使うことになっていた。海岸から船までは五キロほど沖合になるが、モーターボートのようなサイズのものは海岸沿いに待たせておかなければならないため、見つかる危険は増す。
二、三人がやっと乗れるだけの小さなエンジンつきのゴムボートで、どこか岩場のようなところから海に出る。
もし、海が荒れていたら、船まで到着できるかわからない。燃料もギリギリしか積んでいけない。途中、波に呑まれて転覆する恐れもある。だが、これが最良の手段であることもわかっていた。ある程度の安全と引き替えにしなければ、この島からの脱出は不可能だ。

「大型船に乗り込むことができれば、奴らのテリトリー外に出たと思っていいでしょう。あとは、協力者が運んでくれます」

ギリシャへ入ってからは、飛行機で日本に帰る。直行便はないため、アジアを経由することになるだろう。

「とにかく、漁船の停泊場所を目指してください。そうすれば、シチリアから出られます」

「全員一緒にここを出るぞ」

芦澤が全員を見渡しながら言うと、無言で頷《うなず》いた。

用意した車は二台。二手に分かれ、カマストラを出て車でタオルミーナまで出てから、ジャルディーニを目指す。

「じゃあ、行くぞ」

外に出ると、照りつけるような日差しが榎田たちに降り注いだ。

午後三時を過ぎたこの時間の太陽は、ジリジリと暑く、世界をオレンジ色に染めている。夜の気配はまだほとんど感じられないほど遠くにあるが、確実に近づいている。二時間もすれば、空に微かな闇《やみ》の気配が漂い、空気も変わるだろう。そう感じてからは、あっという間に闇があたりを包む。

それは、自分たちを追うドミニクたちの手を連想させた。あの男は、油断ならない。今はまだ気づかれていなくても、その気配を感じ取った時には遅い。

闇に紛れて、榎田たちを捕らえようとする手は、すぐそこまで迫っているはずだ。

「弘哉。お前はこっちに乗れ」

「はい」

榎田たちの乗った車は、タオルミーナへと走り出した。

約一時間。人気のない道を進み、無言で揺られる。いつドミニクたちの追っ手が来るかとひやひやしたが、あっさりと山間部は通過した。見えてきたのは、青い海とエトナ山に挟まれたリゾート地だ。

タオルミーナは海岸沿いにある街で、その景観のよさから観光客に人気の場所でもある。警察がよく機能しているため、治安もいいというが、それだけにドミニクたちの手が回っているとも言える。今のドミニクたちに、警官をどの程度抱き込むことができるのかは、わからない。

廃墟の多かったモッタ・カマストラとは違い、徐々に人々の生活の匂いがする建物が見えてくる。街を歩くイタリア人全員が、ドミニクの放った追っ手に見えた。

街に入って十分ほどしただろうか。車内の空気に緊張が走った。かと思うと、ゆっくりと停車する。

「あの……どうかしたんですか?」

「ああ。このますんなりと俺たちを行かせてくれないらしい。予想の範囲内だがな」

芦澤は、そう言って本庄に目で合図した。今まで後部座席でじっとしていた岸谷が、おもむろに身を起こす。

「岸谷。弘哉を頼むぞ」

「はい。おい、こっちだ」

芦澤たちが囮《おとり》になり、その間にまだ本調子でない岸谷と榎田が追っ手から逃れて先に逃げることになった。自分だけ先に逃げることに躊躇がなかったわけではないが、今は指示通りに動くしかない。

振り返ると、芦澤たちの乗った車が警察官に停められていた。

「車、足止めされたみたいです」

「ああ。通るルートは調べてあった。車輛《しゃりょう》進入禁止じゃなかったはずだが、奴らの手が回ったかもしれねぇ」

「銃器を積んでるって言ってましたよね。中を確認されたら、どうなるんですか?」

「あいつが用意した車だぞ。隠せるようになってる。そんなことより、自分の心配をしたほうがよさそうだ。ほら、あっちからも怪しいのが来る」

前から歩いてくるのは、イタリアの警察だった。素通りしてくれることを祈ったが、目が合い、パスポートの提示を求められる。心臓が飛び出すほど緊張しながらも、観光客らしく振る舞おうとニコニコ笑いながらパスポートを渡し、警官がそれをチェックしているのを興味深げに覗き込んだ。

しばらくすると行っていいと合図され、軽口を叩きながら岸谷と歩き出した。しかし、ほどなくして岸谷が何かの気配に気づいた。

「見つかったぞ」

「え……」

「二人尾行《つけ》けてきてやがる。――来いっ！」

上手くやり過ごしたと思ったが、そう簡単には行かせてくれないらしい。

突然走り出した岸谷の背中を追い、路地のほうへ入った。複雑に入り組んだ道を突き進む。石畳の道の両側は高い壁で、傾きかけた日の光は壁の上のほうにしか届いていなかった。まだ空は明るいが、日陰になっていて、どこか寂しい感じがする。

道端のあちこちで子供が遊んでいた。着ているものから、貧しい集落が多いようだとわかる。ボールなどの遊び道具を持っていない。先ほどまでいた観光客で賑《にぎ》わっていた場所とはまったく違った雰囲気だ。

「……っ、ごめんね！」

子供とぶつかり、躓きそうになりながらもかろうじて体勢を整えて岸谷を追う。路地に座り込んでいる大人もいたが、突然現れた日本人に誰も関心を示さない。

「早くしろ！」

岸谷に誘導され、路地から塀で囲まれた敷地の中へと入っていった。中も通路のようになっており、両側にはドアがあった。開け放った窓から見える室内は狭く、風通しもよくなさそうだ。

中庭のようなところを通り、外階段を上って屋上へと向かう。たくさんの洗濯物がはためいていて、決して広くはない建物に多くの家族が住んでいることが窺《うかが》えた。

途中、椅子で居眠りをしている高齢の男性の前を通ったが、彼も二人になんの関心も示さない。

「岸谷さん、あっちに……」

下を覗くと、明らかに人相の悪い男たちがこちらへ向かってくるのが見えた。まだ榎田たちがどこに隠れているか気づいていないようだが、時間の問題だ。もし、ここの住人が向かった先を言えば、すぐに袋小路になるだろう。

追っ手が、子供に話しかけているのが見えた。榎田たちがどちらのほうへ向かったのか、聞いているらしい。

「岸谷さん、見つかります」

「あんたは、あっちから行け。俺はここから別の道を行く」

「自分が囮になるつもりですか？　あなたは、怪我人ですよ？」

「あんたに心配される筋合いはない。あんたが捕まったら、元も子もないんだよ」

岸谷はそう言い残してから、今来た道を戻っていった。

「岸谷さん……っ」

岸谷は、犠牲になるつもりかもしれない。そう思うと、居ても立ってもいられなかった。

（そんなの……駄目だ）

バルコニーから身を乗り出して追っ手の場所を目で確認したあと、すぐに下に降りていき、物陰に身を隠す。

男たちの足音が近づいてくるのがわかった。岸谷も気づいているだろう。きっと怒るだろうが、ここで自分だけ逃げる選択肢は榎田にはない。手近にあった小さな木製の丸椅子を両手で摑んだ。

（来た……っ）

足音が近づいてきて、男たちが飛び出してきた瞬間、顔のあたりめがけてそれを叩きつける。

『ぐぁ……っ！』

男は勢い余って後頭部から倒れ、顔を血だらけにしながら苦悶《くもん》した。けれども、もう一人はそうはいかない。その男に銃口を向けられ、榎田は椅子を摑んだまま硬直した。

「させるか！」

声がしたかと思うと、岸谷が二階から飛び降りて男に飛びかかった。

「ぐ……っ」

揉《も》み合いになる男と岸谷の横で、榎田が倒した男が身を起こそうとしている。

もう一度、今度は顎のあたりをめがけて丸椅子をバットのように振った。呻き声をあげて倒れると、岸谷も男を倒して銃を拾う。

「はぁ……っ、……はぁ……っ」

やはり傷が痛むのか、その動きはいつものそれではない。

「こっちです。肩を……」

肩を貸し、先を急いだ。とりあえず、追っ手を撒くことはできそうだ。

「あんた……、なかなか……やるな」

本当は、怖かった。あんなことをして、殺してしまったかもしれない。膝《ひざ》も震えている。

それでも、自分を護ろうとする誰かにすべて任せるなんてできなかった。全力で逃げると芦澤には言ったが、逃げるために何もしないとは言ってない。

「本当は、すごくびびってます」

「はっ、正直だな。いったん身を隠すぞ」

岸谷の指示通り、榎田は人気のない家を覗き込み、誰もいないことを確認すると中に入って窓を閉め、ドアに鍵をかけた。


時計を見ると、午後七時を回ったところだった。

船が沖合に停泊している時間だ。タイムリミットが二時間を切ったということになる。

あれから榎田は岸谷とともにタオルミーナを出て、隣街のジャルディーニ・ナクソスに入っていた。日は、完全に落ちている。昔は漁師街だったが、今は観光が盛んになったらしく、街にはレストランやバーの看板がたくさんあった。道を歩く観光客の姿もまだ多い。

「若頭たちと合流できる。もう少しだ」

岸谷が携帯をポケットにしまいながら言い、先を急ぐ。

「全員無事なんですか？」

「ああ。本庄が車で待ってるらしい。銃器はばれなかったみてぇだな。若頭も車を降りて移動した」

徒歩で逃げるのも、銃器を隠した車で逃げるのも、かなりの危険を伴う。それでも、なんとか無事だった。もうすぐ、全員でシチリアを脱出できる。

緊張の連続で神経はすり減り、身も心も限界だった。今にも緊張の糸が切れそうだ。少しでも気を抜くと、二度と立ち上がれないような気がする。

なんとか最後までもたせようと、あと少しだと自分に言い聞かせていた。

あと少し。

ほんの数時間だ。

「待て」

いきなり背後から声をかけられ、榎田は足を止めた。

背中がゾクリとなったのは、ただならぬ殺気を感じたからだ。まるで喉元《のどもと》に刃物を当てられたように、全身が総毛立つ。

「ここマデダ。やっと見つけたぞ」

「——っ！」

ドミニクの姿に、凍りついた。

ここまで来て、まだ逃げられないのか——絶望にも似た思いに、これまでなんとか持ちこたえていた気持ちが折れそうになった。クスリを打たれた時のことが蘇り、あの恐怖が榎田を包む。今度捕まれば、何をされるかわからない。岸谷への拷問を見たあとだけに、想像が膨らむ。

「何ぼーっとしてる。行くぞ！」

岸谷の声にハッとなり、促されたほうへ走った。路地に入り込んで追っ手を撒こうとする。メインストリートとは違い、路地は闇だらけだ。バーの看板がぼんやりと浮かんでいて、店内からは男の笑い声が聞こえる。楽しげな雰囲気が、迫りくる危険をより強く実感させた。

「あんたは先に逃げろ……っ！」

「何言ってるんです。岸谷さんも一緒に……っ」

パン、と乾いた音が闇に響いた。振り返ると、岸谷が蹲《うずくま》っている。その十数メートル先にはドミニクの姿があり、ゆっくりと近づいてくるのが見えた。

走って追いかけてきた様子はないのに、すぐそこまで迫っていたことに驚きを隠せなかった。

「ボディガードは、役に立たないな」

とどめを刺そうというのか、構えた銃口は倒れた岸谷に向けられている。

あと、十メートル。

「……っく！」

岸谷の横に転がっていた銃を拾い、構えた。距離はほんの数メートル。この距離なら当たるかもしれない。ここからなら、芦澤が言っていたように仲間を撃つこともないだろう。

だが、ドミニクは銃口が自分を向いていても、慌てるどころか警戒すらしなかった。

「どうした、撃たないのか？」

「撃てないと、思ってるんですか？」

人を殺せるのかと、言っているのだろうか。そんな勇気があるのかと……。

確かに、相手が誰であれ人を殺《あや》めることに抵抗はあるが、今ここで自分が引き金を引かなければ岸谷は必ず殺される。榎田一人いればいいのだ。榎田さえいれば、芦澤の弱味を握ったことになる。

怪我をした男を連れていく理由はない。

「撃っていいぞ」

覚悟を決め、榎田は引き金を引いた。

「……っく！」

指に力を入れたが、引き金はビクともしない。なぜ……、ともう一度指に力を込めたが、同じだった。

「馬鹿め」

「——ぐぅ……っ」

いきなり目の前に迫ってきたドミニクに殴られ、榎田の手から拳銃が離れた。あまりに素早い動きに、自分に何が起きたのか一瞬わからなかった。鼻を拭《ぬぐ》うと、手の甲に血がべっとりと付着する。喉の奥に、ドロリとした血が流れ込んだのがわかった。生臭い匂い。

ドミニクはゆっくりと銃に近づいてそれを拾うと、口許に笑みを浮かべながら言った。

「セーフティを外せ。ここだ。ここのツマミをこっちにこうだ。そうしたら、弾が出る」

言いながら榎田の目の前でそれをやってみせる。

慣れた手つきに、自分が敵《かな》うわけがないと思った。銃一つろくに撃つことができない男と、マフィアのソルジャーとして、犯罪に関《かか》わってきた人間とでは何もかもが違う。

「オマエを殺しはしない。だが、暴れられても困る。一人、オマエのせいで重傷を負ったのがイルからな。まさか、アンタにあんな真似《まね》ができるとはな」

唇を歪めて嗤いながら榎田の額に銃口を押し当てるその表情は愉しげで、この男がなんの躊躇もなく引き金を引けると痛感した。

「どこがいい？　カタか？　ウデか？　それとも、ヒザを撃っておくか？」

額から肩、腕へと位置を変え、最後は膝に銃口が向けられた。そこを撃たれたら、一生歩けなくなるかもしれない。歩けなくても手さえ無事ならスーツを縫うことはできるが、仕事としてやっていけるかどうかはわからない。

一瞬の間に、そんなことが頭を巡った。自分の人生が、思いもよらない方向に向かうかもしれないと覚悟をした瞬間、パン、と再び銃声が響き、反射的に目をつぶる。しかし、痛みはない。

(え……?)

目を開けると、ドミニクのはるか向こうから銃を構えた一人の男が歩いてくるのが見えた。薄暗い路地の明かりでは顔は見えないが、長身のスタイルのいいシルエットから、誰なのかわかる。

「お前がドミニクか」

「――芦澤さん……っ!」

間一髪だった。本当に、あと少し遅ければ、撃たれていた。だが、芦澤は来た。一時間も一秒も、間に合えば同じだ。芦澤はいつも、大事なところで必ず来てくれる。

「お前が、アシザワだな」

「だからどうした?」

二人の間にある張りつめた空気が、榎田のところまで伝わってきた。息がつまりそうで、ただ見ていることしかできない。

「お袋さんは、今どこにいる?」

『(なんだと？)』

イタリア語で何か言ったかと思うと、ドミニクの声のトーンが変わった。焦りなのか、これまでとは少し違っている。

「育ての親だよ。血の繋がりもないのに、育ててくれた優しい女だ」

「アシザワ、貴様……」

「そっちが汚い手を使うなら、こっちもだ。俺の電話一つで、恩人の命が途絶える」

芦澤が、左手に持った携帯をこれ見よがしに掲げてみせる。

「ブラフだ。そんなことができるはずがない。マンマは仲間が護っている」

「そう思うなら、思えばいい」

『(そうは行くか！)』

ドミニクが芦澤に向かって走りながら引き金を引いた。芦澤の左肩が、大きく後ろに弾《はじ》かれる。血が噴き出したのが、榎田のところからもわかった。

「芦澤さん……っ」

「岸谷、今のうちに行け！　弘哉、岸谷を頼む！」

「はっ、はいっ！」

榎田は、倒れた岸谷に手を貸して立たせるとすぐに走り出した。撃ってくるかと思ったが、銃声は聞こえない。

路地の終わりに、車のヘッドライトが見えた。本庄だ。あそこまで行けば、なんとかなる。

「ぐぁ……っ」

その時、呻き声が聞こえたかと思うと、空から人が降ってきた。突然のことに足を止め、倒れている男の様子を見てみる。

額に一発喰らっていた。

狙撃手だ。一緒に落ちてきたのはライフルで、屋上から榎田たちを狙っていたとわかった。おそらく、あそこからは丸見えだ。遮るものがない。邪魔が入らなければ、榎田を殺さずに足を止めることができただろう。命拾いした。

「こっちだ。岸谷っ！」

本庄の声とともに、車がすごい勢いで路地に入ってくる。

バーの看板をなぎ倒し、壁に車体を擦《こす》りつけながら入ってくると榎田たちの前で停まった。それに乗り込むと、今度はすごい勢いでバックしながら路地を抜ける。

「岸谷、若頭は？」

「逆の……方向に、……たぶん、別の……路地に……」

「くそ……っ」

路地を出ると、もう一台の車が後ろにつき、追っ手を振り払おうとマシンガンで応戦する。日の落ちたシチリアの街で、激しい銃撃戦が繰り広げられた。

こんな騒ぎを起こせば、警察がすぐに来るだろう。もし、ここでもたもたしていれば、すぐに袋の鼠になる。留置所に連れていかれたら、もう終わりだ。空港で攫《さら》われた時と同じように、ドミニクが手を回した警官が必ずなんらかの手を使って、身柄を確保しにかかる。

街の中心を出て、海沿いの道路を走った。

後続の車から破裂音のようなものがし、急旋回したかと思うと壁に激突した。タイヤを撃たれてパンクしたのかもしれない。追っ手の車から銃器を持った男たちが降りてくるのが見える。

「本庄さんっ、後ろの車が……っ」

状況を伝えようとした途端、横から黒塗りのハマーが出てきて榎田たちの乗った車にぶつかった。衝撃。躰が浮く。

「……うぐ……っ！」

車は横転した。激しく躰を打ちつけられ、息ができない。なんとか呼吸を整えたが、日に飛び込んできたものに、また息がつまる思いがした。

血だ。本庄も岸谷も、血を流して呻いている。榎田が比較的軽症だったのは、運がよかっただけではなく、岸谷が咄嗟に庇《かば》ってくれたからのようだ。伸びた手が榎田の服を摑んでいた。

車から這い出し、なんとか本庄たちを車から出してやろうとしたが、目の前に革靴の爪先《つまさき》が現れる。

「残念だったな」

「――っ！」

ぞっとするような笑み。その口許が榎田に恐怖を植えつける。

「ドウシタ？　声も出ないか？」

榎田に銃口を向けているのは、ドミニクだった。

「ぐ……っ」

髪を摑まれて引きずっていかれながらも、榎田は必死で抵抗していた。けれども、鳩尾《みぞおち》に爪先を蹴り込まれ、口の中に酸っぱい味が広がって心が折れそうになる。それでも今かろうじて無事なのは自分だけだと言い聞かせ、なんとかできないものかと考えた。

仲間のソルジャーたちが、榎田たちを援護していた車を取り囲んでいるのが見えた。皆銃器を構えている。

「残念だったな。お仲間は全員死ぬぞ」

「何を……っ」

もう一台を見ると、そちらにもソルジャーたちが向かっていた。怪我をした二人を中から引きずり出すつもりだ。もしかしたら、中に向けて銃を乱射して息の根を止めるつもりかもしれない。

「こっちも犠牲をたくさん払ったが、オマエらも無傷じゃない」

「本庄さんっ！　岸谷さんっ！」

呼ぶが、二人はまだ気を失っているのか、それとも動けないのか、出てくる気配はない。

「誰か……っ、芦澤さんっ！」

もう駄目だ。殺される。

榎田は呆然《ぼうぜん》としたまま何もできないでいた。自分を助け出すためにシチリアに入った相手が危険に晒されているというのに、見ていることしかできないのが情けなくてたまらなかった。もう一度、ドミニクの手を解こうとするが、しっかりと掴まれていてできない。時間だけでも稼ぎたくて、榎田は目の前の銃を咄嗟に掴んで奪おうとした。

榎田に向けられていた銃だ。セーフティは外しているだろう。

「——く……っ！」

パン、パンッ、と乾いた音が響いた。暴発した銃弾は地面に当たり、本庄たちのほうへ向かっていたソルジャーたちの足が止まる。

その時だった。

横道のほうから、大きな黒塗りの車がすごい勢いで向かってくるのが見えた。それは、ソルジャーたちに完全に取り囲まれている車のほうへ突進してくる。乗っているのは、芦澤だ。車は奪ったのだろう。ドミニクが乗ってきたのと同じ車種だ。

ソルジャーたちは、ちりぢりになりながらもマシンガンで応戦しているが、ドミニクが手を横に上げてそれを止めた。芦澤と対峙《たいじ》するような恰好《かっこう》になる。

「俺の追っ手は全員始末したぞ、ドミニク」

芦澤はサンルーフから上半身を出し、ショットガンを運転手の首に押しつけている。

「マフィアの忠誠心もたいしたことないな。『オルメタ』はどうした？　自分の命のほうが大事みたいだぞ」

まだ若そうなソルジャーだった。怯《おび》えている。目の前で仲間が撃たれたのを見たのかもしれない。そして、あの男を運転手として残したのも芦澤の狙いだろう。

「目のつけどころがいい」

「人手不足か？　こんな子供を使うなんて、間抜けだな」

「若い奴をソダテルのも、俺の仕事だ」

「時と場所を選ぶんだな」

「オマエこそ、わかってないようだ。キリフダは、俺の手の中だ」

榎田を盾にするように、髪を摑んだまま芦澤の前に差し出す。

「ところでアシザワ。マンマは無事だと聞いたぞ。やっぱりブラフだった。すぐにワカル嘘《うそ》を
……」

「だが、少しは疑っただろう。だから、肝心のところで冷静な判断ができなかった。俺の追っ手にもう少し骨のある奴を入れておけば、違っただろうな」

「――く」

「ベリッシモとは、どんな男だ？」

その問いに、ドミニクは自慢げに笑ってみせた。

「弟は、俺なんかよりずっとデキる奴だ」

「兄貴に危険なことをさせて、自分は安全な場所で報告を待っているのか？　たいした弟だな」

「うるさい！」

「自分は奥に隠れて、危険を冒そうとはしない。どんなお姫様だろうな。お姫様って日本語はわかるか？　プリンセスだよ、イタリア語ではなんていうんだ？」

芦澤はわざと弟を侮辱するようなことを口にした。ドミニクもそんなことは百も承知だろうが、少しずつ冷静さを欠いていくのがわかる。人数からいっても土地勘からいっても、有利なのはドミニクのほうだというのに、今、芦澤は対等にやり合っているのだ。なかなか計画が上手く進行せず、ストレスがたまっているのだろう。そこを突くしたたかさが、芦澤の切れ者だという証拠だ。

「アシザワ。上に立つ人間が、ソルジャーのために自分をギセイにするな。組織が機能しなくなるぞ」

「時と場合による」

その時、後ろでドン、と音がした。

「……ぐ……っ」

衝撃。

一瞬、ドミニクの手が榎田から離れた。

「弘哉！」

何が起きたかわからなかったが、芦澤の声に、自力で逃げ出さないといけないと思った。アシザワは「来い」と言っている。「走れ」と。

「――っく！」

覚悟をし、勇気を出して芦澤のいるほうへ向かった。芦澤は、開けた車のドアを盾にし、四十五口径で応戦している。

芦澤のいる場所まで十数メートル。だが、遮るものは何もない。ドミニクに背中を見せ、無防備な状態を晒さなければならない。一発でも喰らえば、死ぬか捕まるか。どちらにしろここで捕まれば勝負はつく。負ける。殺される。日本へ帰ることはできない。

だが、芦澤が来いと言っているのだ。だから、走った。銃弾がすぐ近くを掠めていった気がしたが、怯えてなどいられない。

足元で銃弾が弾けた。

「芦澤さん……っ！」

ドアの後ろに飛び込み、身を隠す。心臓が、すごい勢いで跳ねていた。一発も当たらず、ここまで逃げられた。奇跡だ。いや、芦澤が援護したからだ。

「よくやった。弘哉」

ドアの陰から、自分の走ってきたほうを見ると、ドミニクも仲間のソルジャーたちも地面に倒れていた。しかも、本庄たちが中から出てきて銃を構えている。

傷を負っているが、すぐに出てこなかったのはタイミングを見計らっていたのだろう。動けないふりをして、チャンスを狙っていたのだ。

芦澤に気を取られ、ドミニクたちはそれに気づかなかった。

「勝負はついたな」

運転席で小さくなっていた若いソルジャーは、芦澤と目が合うとまだ幼さの残る貌《かお》に恐怖を貼《は》りつかせた。しかし、あんな子供の命を奪うつもりはないらしい。

「行け」

顎をしゃくって促すと、彼は腰を抜かさんばかりに逃げていった。それを見届けた芦澤は、ゆっくりとドミニクのほうへ向かう。

「よくもうちの若いのを可愛がってくれたな」

ドミニクは両肩を撃たれていた。銃を持つことはできない。狙って撃ったのなら、かなりの腕だ。若いソルジャーは逃がしたが、ドミニクはそういうわけにはいかないだろう。

「俺をコロシても、弟が、いる」

「だろうな。だが、お前は一線を越えちまった。俺の怒りに触れた。弘哉を拉致してクスリを打って、大事な部下を拷問した。お前の罪は消えない」

銃をホルスターに差し、額にショットガンの銃口を押し当て、引き金に指をかけた。

「じゃあな」

咄嗟に顔を背けて目をつぶった。銃声。

なんの躊躇もなかった。抵抗できない人間相手に、引き金を引いた。

だが、ここで殺しておかなければ、ドミニクはまた命を狙いに来る。そして、岸谷を拷問した落とし前でもあった。ここでドミニクを許すわけにはいかないことはわかる。

「芦澤さん」

「嫌なところを見せたな。悪かった」

「いえ、僕はちゃんとわかってますから」

芦澤の立場も、そして気持ちも……。

「行くぞ」

遠くのほうから、パトカーのサイレンが聞こえた。ここで警察に捕まるわけにはいかない。

榎田たちは車に乗り込み、海岸沿いの道路を走った。サイレンは追いかけてくることなく、銃撃戦のあった現場のあたりで停まったようだ。

静かな闇の中を一時間ほど走り、人目につきにくい場所に車を停めた。トランクから出したのは、エンジンとゴムボートだ。電動モーターで空気を入れ、エンジンを装着して海に浮かべる。

ボートは、思っていた以上に小さかった。これで、五キロ先に停泊している漁船まで走り、拾ってもらわなければならない。GPSで場所を確認できるとはいえ、ここからは自然が敵となる。ある意味、ドミニクより危険な相手かもしれない。

「乗れ。大丈夫だよ。海はそう荒れてない」

三人ずつボートに乗り込み、エンジンを始動させた。墨汁を零《こぼ》したような暗い海を進んでいく。

ボートに乗り込んでどのくらいしただろうか。暗がりに浮かぶ大きな影が見えた。

明かりは見えないが、確かに漁船だ。榎田たちを待っている。あれに乗り込み、大型船に乗り換えれば日本に帰れる。

「芦澤さん」

「ああ。もうこれで安心だ。よくがんばったな」

頭を優しく叩かれ、小さく頷く。

本当に無事にシチリアを出たのだと、この時ようやく実感できた。

漁船から大型船に乗り換えた榎田たちは、あらかじめ用意されていた客室に一般客として宿泊できるよう手配されていた。

手当てをしてもらい、シャワーを浴びると、生き返った気分になる。本当に追っ手を振り切ってここまで逃げることができたのだ。一度はシチリアを出られたのだと実感できたが、客室が豪華なだけに今の状況が信じられなくなり、次の瞬間に再び悪夢が蘇りそうな気がした。

本当は、今もドミニクに囚われていて、無事に逃げ出した夢を見ているのではないかと疑いたくなる。それほど、過酷だった。もう本当に駄目かと思った。今度こそ死ぬかもしれないと思った。岸谷の肌を薬品で焼いた時の匂いは、今も覚えている。

「怪我は痛まないか？」

「はい。大丈夫です。芦澤さんこそ……。僕なんかよりずっとひどい怪我です」

「俺は慣れてるさ。こんなのは軽傷のうちだ」

船医の治療を受けたため、芦澤の怪我も心配ないだろうということだった。客室も十分に手配されており、岸谷も他の舎弟たちも、用意された部屋でゆっくり休むことができる。

「弘哉」

こっちに来いと合図され、素直に従った。抱きしめられ、少しずつこれが現実だと思えるようになる。芦澤の匂いを嗅ぎ、その鼓動を躰で感じた。

一人も欠けることなく、本当にシチリアを出ることができたのだ。

「平気か？」

「はい。もう、大丈夫です。落ち着きました」

躰を離し、黒いガウンから覗く包帯に言うほど軽い傷ではないとわかる。

「そんな顔をするな。撃たれるのは初めてじゃない」

「でも、貫通せずに残ってたんですよね。弾が体内にとどまるより、抜けたほうがいいんでしょう？」

「まぁな。だが、骨は無事だった。ちゃんと腕に力も入る。俺は悪運が強いんだよ。それに、背中の刺青《いれずみ》が傷つかなかっただけでいい。お前のお気に入りだからな」

軽口を叩く芦澤に、ようやくいつもの笑顔が榎田から漏れる。芦澤相手に、いつまでも心配ばかりするのもいけない気がして、もうこれ以上はやめることにする。

ワイングラスを片手にソファーに座った芦澤は、高そうなワインを次々と呷《あお》る。普段は芦澤がワインを飲む姿をあまり見ないが、イタリア産のいいワインが手に入ったのか、先ほどからずっと赤を飲んでいた。

「飲んでいいんですか？」

「ああ。イタリアは旨《うま》いものが多いからな。お前は旅行中にいろいろ喰っただろうが、俺はまだ堪能してない」

食欲はなかったが、こんな時だからこそちゃんと食べたほうがいい。わかっていても、あまり気は進まない。

「お前も腹が減っただろう。そろそろ来る」

ドアがノックされ、船のスタッフが姿を現した。冷やしたワインを載せたワゴンを運び込む。テーブルの上には、次々と食べ物が並べられた。

船員に紛れてドミニクの仲間が乗り込んできていないかと一瞬思ったが、そんなことはなかった。スタッフは、深々と頭を下げて部屋を出ていく。

「まだ、警戒してるのか?」

「いえ……、万が一のことが頭に浮かんだだけですから。僕は臆病だから」

「そういうのは、臆病とは言わないんだよ。大丈夫だ。ここに運ばれてくる喰いもんは全部チェックさせている。酒や水もな」

芦澤の言葉に、ようやく安心することができた。芦澤がそう言うのだ。ここは、安全な場所なのだと信じられる。

「お前も飲め」

グラスを渡され、思わず受け取った。普段から酒は滅多に飲まないが、芦澤があまりに旨そうにボトルを空にするものだから、少し味わいたくなりグラスに注がれたワインの香りを嗅ぎ、口をつけた。口に広がる芳醇《ほうじゅん》な香り。

「どうだ?」

「美味《おい》しいです、すごく」

イタリアの照りつける太陽と自然を感じる味だった。野性的で荒々しいが、深みのあるそれは奥深い優しさもある。喉を通って胃に到達すると、それは流れに乗って、全身を巡っていくような気がした。

「気に入ったみたいだな。ひどい目に遭ったんだ。今は楽しめ。こっちも旨いぞ」

ワインを飲んだからか、少し食べたくなり、芦澤に促されて白い皿に乗った肉を摘《つま》んだ。ローストビーフかと思ったが、香りが違う。ラムだ。ほんのりと香るラムの味は上品で、柔らかく、バルサミコのソースとの相性もいい。

「どうだ? 旨いだろう」

「はい。とっても……」

食べて美味しいと感じられたことに、自分が生きていると実感できた。さらにワインを口にし、もう一切れ口に運ぶ。

芦澤のほうは、黒く光るキャビアを惜しげもなくスプーンで掬ってサワークリームとともにクラッカーに載せて豪快に口に放り込んだ。そして、皿に盛りつけられたラザニアを平らげ、榎田が食べた肉にも手をつけるさすがにそこまでの食欲はないが、見ていると少し元気になれた気がした。芦澤には、生命力を感じる。その食べっぷりに釣られ、ルッコラをプロシュートで巻いたつまみに手を伸ばす。薄くスライスしたパルメジャーノがアクセントになっていて、こちらも香りがいい。

軽く食べて人心地つくと、榎田は今日のことを思い出した。心にため込んでおくと恐怖が増すような気がして、己の思いを口に出す。

「ドミニクという人は、恐ろしい人でした。眉一つ動かさずに、岸谷さんを……。岸谷さんの背中を焼いた薬……あれを、飲ませようとしてました。あんなことを考えつくなんて、信じられません」

「だが、奴は死んだ」

芦澤の言葉を聞いて胸に広がったのは、安堵よりも警戒する気持ちのほうだ。

これが終わりではない。むしろ、始まりだ。

芦澤の話によると、桐野組長の隠し子とドミニクは兄弟のような関係だ。両親に捨てられたぶん、血の繋がっていない母から注がれた愛情に感謝しているだろう。そしてその気持ちは、弟であるベリッシモにも向けられているはずだ。

だからこそ、歳下《としした》のベリッシモがカポレジームであってもソルジャーとして働いている。そして今回のことも、誰よりも弟を思うからこそ、ベリッシモを表に出さずにその役を買って出た。

そして、それはベリッシモという男も同じかもしれない。ドミニクが道具のように使われていたら、弟のためにあそこまでしただろうか。ソルジャーが命を張りたくなるような、そんな人物かもしれない。

自分のシマで日本のヤクザにファミリーを殺された男は、どんなことをしてもこの落とし前をつけようとするだろう。名誉をかけて、ファミリーの名にかけて、芦澤をつぶしにかかるに違いない。

「木崎が生きていることを隠し通すのも、限界かもしれない」

芦澤の言葉に、榎田はゴクリと唾《つば》を呑んだ。諏訪もいずれ知ることになる。愛する者が生きていると……。

だが、単に喜ぶことはできなかった。生きていると知ったからといって、いつ会えるのか、会える日が来るのかすらわからない。

「あれは、木崎さんだったんでしょうか?」

榎田の危機を救った一発の銃弾。岸谷とともに本庄の運転する車まで行こうとした時、建物の屋上にいた狙撃手が、額を撃たれて落ちてきた。

あれは、本庄たちがいるほうから飛んできた弾ではない。上空からだ。おそらく、別の建物の屋上からライフルで撃ったのだろう。流れ弾に当たったわけでもない。船に乗り込む時に、本庄たちが芦澤を救った一発を誰も撃ってないと話していたのを聞いた。

残る可能性としては、木崎もイタリアに乗り込んだということだ。

「お前の勘は当たる。おそらく、あいつだ。俺も狙撃手に気づいたが、俺の四十五口径が届く距離じゃなかった。狙撃手の傷は見たか？」

「額に一発でした」

「木崎だな」

ふ、と笑みを零し、参ったと言いたげに髪を掻き上げる。芦澤にこんな顔をさせることができるのは、今のところ木崎だけだろう。

舎弟たちの中でも飛び抜けて能力が高く、望めば幹部にすらなれたような男だ。

「あいつは、自分が助かる道は考えてないだろう。俺がせっかく危険を冒して助けたってのに、助け甲斐《がい》のない奴だ」

心にもないことをわざと言ってみせるのは、木崎を助けたいという思いがあるからだ。

芦澤が一か八かで自分を助けようとして撃ったことは、木崎もわかっているだろう。あのまま姿を消して、どこかの街でひっそりと生きることもできた。

けれども、木崎はそれを望んでいない。自分だけが安穏と暮らすことに、少しの価値も見いだしていない。自分の命を助けてもらう代わりに芦澤が背負ったものを、無視できるような男でもない。

極道の世界では義理などという言葉は死語になりつつあるが、木崎は昔ながらの極道だった。

そして、芦澤を護ることは諏訪を護ることにも繋がる。

また何より、生きていることを伝えられなくても側にいたいのだ。諏訪が安全であることを、その目で確かめておきたい。だから、いつまでも榎田たちの周りをうろつき、芦澤の力になろうとしている。

「ドミニクを殺されたとなれば、本気で勝負をかけてくる。死にものぐるいで復讐を果たそうとするだろうな。カポレジームとしての力を示すためにも、日本のヤクザにしてやられたままでいられるはずがない」

芦澤の言う通りだ。

復讐と組織の立て直しを同時に図れるのだ。今後、さらに過酷な現実が待ち受けていると思ったほうがいいだろう。

「怖いか?」

「いえ……。もう覚悟はしてます」

「俺がのし上がったら、弘哉もこれまでのようにはいかないかもしれないぞ」

「それも、覚悟の上です。だって、僕は芦澤さんの恋人であることを自分で選んだんです。誰に強制されたんでもない。自分で……自分がそうしたいから、芦澤さんが好きだから……、愛しているから……」

気持ちが昂ぶり、胸が痛くなった。どんなつらいことにも耐えられるが、芦澤を失うことだけは、どうしても無理だ。生きていけない。

「お前と離ればなれになるくらいなら、俺が殺してやる」

「そうしてください。僕は……芦澤さんがいない人生なんて、もう考えられません」

「ああ。その時はな……」

それは、殺す約束ではなく、生きる約束だった。

そこにあるのは、万が一の時には榎田の命を奪うという決意ではなく、万が一のことすら絶対に起こさないという覚悟だ。ぬるい決意では、約束を守れない世界に二人はいる。

「芦澤さん」

榎田はテーブルにグラスを置いて芦澤のほうに躰を向けた。

「どうか、のし上がってください。組のてっぺんまで上りつめてください。木崎さんたちが幸せになれるなら、僕が芦澤さんの側にいられるなら、どんなことにだって耐えられます。だから、どうか……」

「弘哉……」

「芦澤さんと一緒なら、どんな道でも進むことができます。それが、どんなに過酷な道でも、ちゃんとついていきますので。そしてもし、僕が芦澤さんを護れるようなことがあったら、全力で護ります。頼りないけど、僕も芦澤さんを護りたいです」

「頼りなくなんかないさ。お前がいるだけで、俺は強くなれる。俺は、お前に何度も救われたんだぞ。知らないのか？」

見つめ合い、どちらからともなく口づける。

「ん……」

強くありたいと思った。どんなことにも耐えられる心を持ちたいと思った。芦澤を護れるほど、強くなりたい。

「いいぞ。お前が望むなら、上りつめてやる」

その言葉を嬉しく思い、榎田は心の中でそれを強く噛みしめた。


また、だ。

榎田は、静かにそう感じていた。

また、血と消毒薬の匂いに反応している。迫りくる死の匂いに、触発されている。これでは、ただの動物だ。芦澤といると、本能を刺激される。

「はぁ……っ、……あぁ……」

スーツを仕立てるだけの日々だった榎田にとって、今ある現実は耐えがたい恐怖のはずなのに、少しも手放したいと思わなかった。

穏やかなだけではない。安全を脅かされることもある。それでも、芦澤に出会って自分の中の熱情を呼び起こされたことを、嬉しく思った。こんな気持ちを抱かせてくれる相手に出会えたことに、感謝している。

もう、以前の自分には戻れない。芦澤がいなければ、どんな日々も色褪《いろあ》せてしまう。

「ぁ……っ、……」

弱い部分を探られ、自分の中の淫獣《いんじゅう》が理性という殻を破って出てくるのを感じた。普段は目を閉じてじっとしているのに、芦澤の手により目覚める。芦澤だけが、目覚めさせることができる。

「今回はお前を苛《いじ》める道具を用意できなかったからな……」

芦澤はそう言って、テーブルの上に置かれてあった細身の円錐《えんすい》状の瓶を手に取った。カプレーゼの横に添えられていたもので、口のところに細長いガラス製のスパウト《注ぎ口》がついている。中身はオリーブオイルだ。

それを中心に垂らされ、榎田はビクンとなった。さらにやんわりと握られ、親指の腹で感じやすいくびれの部分を擦られる。

「はぁ……っ、……ぁ……、……ん」

芦澤の男らしく表情のある手が、自分の中心に悪戯《いたずら》を施すのを見て、榎田は感じた。この野性的な美しい男が自分を嬲っているのかと思うと、それだけで震えるほどの快感に見舞われる。

諏訪のように容姿端麗でもなく、芦澤のように持って生まれた帝王の気質があるわけでもない、ただコツコツと自分のできることを繰り返すしか能のないただの職人だ。

そんな自分の躰を、芦澤ほどの男が愉しげに弄り回している。

「何を考えてる？」

「……あの……、……何って……、……ぁ……、……はぁ……っ」

「俺の手つきは、そんなにエロいか？」

「……っ」

「そんな目でじっと見られたら、興奮する」

低く艶のある声を耳元で聞かされ、まるで水面にさざ波が立つように、榎田は甘いぞわぞわしたものを全身に感じた。芦澤が相手だと、どうしてこんなに感じやすくなってしまうのだろう。

「お前は、自分の魅力に気づかなさすぎだ」

「——ぁ……っ」

芦澤が、またテーブルに手を伸ばした。今度は何を取ったのか見えなかった。知りたくて手の中に握られたものを見ようとするが、それを叱《しか》るように尿道口に指先をねじ込んで拡《ひろ》げられる。

「ぁ……っ、……痛ぅ……っ」

鼓動が大きくなっていくのは、躰が受ける負担に反応しているからなのか、それとも自分を見下ろす芦澤の視線が危険な色をしていたからなのか。

自分を喰らおうとする獣を見ながら、喰われることを思ってさらに昂ぶる。なんて、はしたないのだろうと呆《あき》れるが、榎田の獣は、完全に覚醒《かくせい》していた。

「――ぁ……っ」

不意に襲ってきた痛みに声をあげると、自分に当然その権利があるとばかりに言われる。

「なんだ?」

「何を……挿《い》れ……っ、……ぁ……っ」

芦澤が持っていたのは、サラダの上に載っていたキドニービーンズだった。腎臓《じんぞう》の形をした赤い豆は、粒もそれなりに大きいため、すぐには入らない。無理にねじ込む芦澤の愉しげな表情が魅力的で、これからさらに痛い目に遭うかもしれないのに、自分の中に期待する気持ちがあることに気づいた。

芦澤になら、苛められてもいい。いや、違う。苛められたい。我慢しろと言われ、無体を強いられ、身も心もぐちゃぐちゃにされたい。

「そんな……大きいもの、……ぁ……っく、……は、入りま……せ……」

「そうか? だったら、少し拡げるか」

そう言って、芦澤は再びオリーブオイルの入った瓶に手を伸ばした。スパウトの先端を屹立《きつりつ》の先端に当て、中を傷つけないよう、ゆっくりと挿入していく。

「ぁ……っ、……痛ぅ……っ、……あ……っ! あ!」

こちらのほうがまだ入りやすかったが、それでも中からの圧迫感に顔をしかめた。先端が引っかかりそうで、身構えてしまう。しかし、芦澤はあっさりと中ほどまで挿れた。憎らしいほどのテクニシャンだ。

「これなら中も濡らせる。滑りがよくなっていいぞ」

逆さにした瓶のオイルが、少しずつ流し込まれていくのがわかった。

「た、食べ物を……粗末にしたら、バチが……当たります……、……ぁ……っ！」

「お前はいつも可愛いことを言う」

クスリと笑う芦澤の表情に、心が蕩《とろ》けた。まだ乾いていない前髪が落ち、その間から芦澤の愉しげな表情が覗いている。

スーツを着て髪をナチュラルなオールバックに撫でつけている時もいいが、武装を解いた時にありありと見せつけられる色香も、また違う魅力がある。惜しげもなく振り撒かれる牡《おす》のフェロモンは、ひと嗅ぎしただけで榎田を深く酩酊させる。

「喰いもんをセックスの道具に使う以上に、俺は悪いことを山ほどしてきたんだぞ」

「──んあぁ……」

確かにそうだ。今さら『バチが当たる』なんて、芦澤に言ったところでやめるはずがない。いやらしく中心を嬲る芦澤に、榎田は堪えきれなくなった。

片方の脚をソファーの背もたれに乗せられ、より中心が見えるような体勢にされる。

「そ、そんなに……見ないで……、……ください」

蚊の泣くような声で訴えるが、芦澤は軽く笑っただけで取り合ってくれそうになかった。いかにも悪い男という表情に、むしろ見ないでくれと訴えたことが逆効果だったと悟る。

「そういうわけにいくか」

芦澤はそう言って皿の上のカプレーゼを一つ摘んで口に放り、榎田の中心に垂らしたオリーブオイルをべろりと舐めた。

「あ！」

「カプレーゼのオリーブオイルは、多めが好みなんだ」

フレッシュなトマトの香りが、ふわりと広がった。芦澤はゆっくりと咀嚼《そしゃく》しながら、時折中心に舌を這わせる。

（……ぁ……、……そんな……）

自分が喰われている気がして、ゾクリとした。カニバリズムに興味を抱いたことも、そういった嗜好《しこう》に性的な刺激を受けたこともないというのに、榎田は今、自分が芦澤に喰われている妄想に囚われていた。

比喩《ひゆ》的な意味ではない。食肉という意味で喰われていると感じ、この行為に酔い痴《し》れている。

（ど……して……）

今まで感じたことのなかった倒錯めいた興奮に戸惑《とまど》いながらも、溺《おぼ》れていく。芦澤が榎田の中

心に垂らしたオイルを舐め取ろうとするその口許に、魅入られていた。

「ぁあ……っ、……ぁ……あ……、……待……っ、そんな……、……待……っ、……ぁ」

ようやく解放されるが、次に芦澤は、剝《む》いてあるブラッドオレンジを一房手に取り、自分の口に含んだ。そして、そのまま唇を重ねられる。

「うん……っ、……んっ！」

シチリアの太陽の恵みをふんだんに浴びた果物は甘く、口の中は芳醇な香りでいっぱいになった。芦澤は奥歯で果肉を嚙みつぶしながら、口移しで榎田に飲ませる。

「ぁ……ん、……ぅん……、……、んっ、……ぁ……、ん」

コク、と溢れる果汁を飲み、果肉と一緒に侵入してきた舌を絡ませられ、口内を蹂躙《じゅうりん》される。考える余裕などなく、与えられるものを夢中で貪《むさぼ》った。

「ぁ……、ん……、……はぁ……、……ぁあ……ん、……んぁ……、……ぁ……む」

飢えを満たすような貪欲《どんよく》さで求めていると、芦澤はまた果物の皿に手を伸ばした。大粒の果実がたわわについたマスカットだ。ちょうだい、と目で訴えたのがわかったのだろう。芦澤は一番下の部分についた実を口でいくつか千切り取り、皮ごと食べながら口づけてきた。

「ぁ……、……ん……く、……ぁ……あ……、……んぁ」

唇の間から溢れた果汁が、喉を伝って鎖骨まで零れる。指でなぞられているようでくすぐったいが、それは快感でもあった。さらに、唇を離されて鎖骨の窪《くぼ》みにたまった果汁を舌で舐め取られて、掠れた声をあげる。

「ぁあ……、……あぁ……ぁ……、……あっ！」

首筋の弱い部分や鎖骨を這い回る舌に、榎田は悶えた。時折当たる歯が、より大きな快感を与えてくれる。疼《うず》いて、たまらなかった。

「そろそろ入るかもな」

そう言って目を合わせた芦澤は、先ほどは諦めたキドニービーンズにもう一度手を伸ばし、ねじ込むようにして先端の切れ目に押し込む。頭がぼんやりして、されるがままじっとその様子を見ていたが、不意に襲ってきた痛みに我に返った。

「ぁあ……っ、……痛ぅ……、……ぁ……」

「我慢できないほど痛いか？」

「……いえ、……いえ……っ、……はぁ……っ、……ぁあっ！」

繰り返されたキスと愛撫のせいか、痛みと快感が近い。痛みに対して、悦び悶える自分がいるのだ。

「でも……、……も……、……ゆっくり……、…おねが……、……ゆっくり」

「そうだな。少し急ぎすぎた」

急《せ》いたことを詫《わ》びるようなことを言い、額に唇を押し当てるだけのバードキスをしてくる。けれども、その表情は悪びれた様子はなく、大人の男の色香と最後は許してしまう悪ガキの可愛さが混在していた。

こんなことをしていて、本当は少しも反省していないところが憎らしい。

だが、それは自分が本気で嫌がっていないからだともわかっている。

「ぁ……あ……、……っく、……はぁ……っ、……痛ぅ……っ」

ねじ込んだキドニービーンズが半分以上見えなくなると、芦澤は親指でそれを押し込んだ。

「ひ……っ、……ぁあ……、……ぁあ……ぁ……、……あぁ……ぁ……」

オリーブオイルが潤滑油となって、尿道の内側を刺激しながら、奥へ奥へとゆっくりと入っていく。どのあたりを通っているのかありありとわかるほど、強い刺激だ。あまりに大きくて、目から涙が溢れた。

さらに屹立をグッと握られて、中と外からの両方の刺激に苛《さいな》まれる。

「や……、……芦澤さ……、……ぁあ……、……や……、駄目……、……そ……なに……強、く……握らな……で……」

言えば言うほど、芦澤はますます調子づき、今度は握ったままゆっくりと上下に手を動かしながら榎田がどんな顔をしているのか観察を始めた。

「あっ、はっ、あ、あっ、やっ」

「よくなってきたみたいだな。もう少し足すか？」

そう言って、さらにビーンズを挿入する。一つ通って拡がったからなのか、二つ目はあっさりと入っていった。三つ目も入り、四つ目をあてがわれる。膀胱《ぼうこう》まで入ってしまえば圧迫感からは逃れられるが、中に入ってしまったものが出てこなくなるのではと不安になった。

「そんなに……、……挿れ……な……、……で……」

「オイルもたっぷり注げば、大丈夫だ」

反論など許さないという態度だった。けれども、ただ自分の欲を一方的に満たそうという傲慢《ごうまん》さはなく、いやいやとだだをこねる榎田の手を取り、少し高いハードルを一緒に飛び越えさせるような優しさもあった。

一つ越えてしまえば、また次のステップへ進むことができる。

「こんなのは、やっちまえば案外簡単なんだよ」

四つすべて入ってしまうと、先ほどしたのと同じようにオリーブオイルの瓶を再び手に取り、屹立の先端にスパウトをあてて挿入し、瓶を傾けて中のオイルを注いでいく。

「でも……、……ぁ……っく」

瓶の中身が空になるまで中に注がれ、ゆっくりと引き抜かれた。手はオリーブオイルでぬるぬるになっている。

「こっちも柔らかくなってきたぞ」

「——ぁ……っ！　……っく」

まだそんなにほぐされていないのに、後ろが芦澤を受け入れる準備をしているのが、恥ずかしかった。欲しがって、疼いている。

「ほら。指が簡単に入っていくぞ」

「んぁあ……、……ぁあ……っ」

蕾《つぼみ》を刺激されたからか、屹立の先端からドロリとオリーブオイルが溢れてきた。エメラルド色をしたそれが、指の出し入れに合わせ、強弱をつけて溢れる様子はあまりに卑猥《ひわい》だ。見ていられない。

「ぁあ、あ、あぁ、駄目っ、……だめ」

「駄目なもんか。ションベンするみたいに、出してみろ」

「芦澤さん……」

下腹部に力を入れるとさらにオイルが溢れ、中でキドニービーンズがつっかえた感じがし、膀胱から尿道へ入り込んだのを感じた。ちょうどそのあたりには前立腺《ぜんりつせん》があるため、刺激され、ぶるっと下半身が震える。

「ぁあっ、あ、……ぁ……あ……あ」

一つ目が、オリーブオイルとともに出てきた。

「ぁう……っ、……っく、……ぁあ……っ」

「いい光景だ。もっと出してみろ」

言われずとも、もう止められなかった。二つ目、三つ目と出てきて、残りあと一つとなる。最後の一つがなかなか出ないが、再び蕾に挿入した指で前立腺のあたりを刺激され、榎田が楽に出せるよう促された。

「んぁあ……、……あぁぁ……、……ぁあっ、――んあぁぁぁ……っ」

最後の一つが、出てきた。なんてことをするのだと、半泣きに状態になっていると、涙を拭われ、聞かれる。

「俺が欲しいか？」

「芦澤さ……、……早く……、……早く……っ」

拗《す》ねた言い方になってしまったのが恥ずかしく、耳まで赤くしながら肩に腕を回し、そして躰でも懇願した。早く芦澤を自分の奥で感じたい。芦澤のそれで、貫かれたい。

「俺もそろそろ限界だ」

言いながらガウンを脱ぎ捨てる芦澤に、榎田は見惚《みと》れた。

芦澤の中心を見ただけで、イきそうになった。奉仕されてばかりで自分は何もしていないのに、そこは雄々しくそそり勃《た》っており、鎌首《かまくび》を持ち上げている。榎田を喰らおうとしている。

誇示するように、己の中心を握って何度か擦ってみせてからあてがってくる芦澤に、頬が熱くなり、その瞬間を味わいながら悦びに濡れた。

「……ぁあ……、ああ、……ぁあぁ……」

入ってくる。

芦澤のそれが、入ってくる。

わざとゆっくり腰を進める芦澤を焦《じ》れったく思いながらも、自分を征服する熱の塊に歓喜した。

「……、……早……く、……全部……、……全部……っ」

「急くな。じっくり……愉しみたい」

もどかしいくらいゆっくりとした動きに、思わず芦澤の頭を抱きしめて力を籠める。あまりに切実に抱きつくものだからか、小さく笑いながら言った。

「……困った奴だ」

腰を抱え直されたかと思うと、いきなり最奥まで挿入される。

「や……、ぁあ……、――ぁあ……っ！」

榎田は、堪えきれずに白濁を放った。さんざん焦らされたからか、放ってもなお躰の震えは止まらず、呼吸も切れ切れになっていた。

「もうイッたのか」

「すみ……ま……せ……、……ごめ……、な……、……さ……、――あぁぁ……っ！」

いきなり深々と収められたものを引き抜かれ、再び奥まで挿入され、さらなる快感に襲われる。ゆっくりと、だが、繰り返し、少しずつリズムをつけながら腰を使う芦澤に夢中になった。為《な》す術《すべ》もなく身を差し出すことしかできない。これ以上の快感を与えられたらどうにかなってしまいそうで、怖かった。

それでも、欲しがる自分がいて、戸惑いながらも求めてしまう。

「……んぁあ……、……ぁ……っく、……も……、……」

「いいぞ、弘哉、……はぁ……っ、……お前が……、欲しがる顔は……そそる」

男っぽい色香に濡れた芦澤の声に触発され、感じるたびに芦澤を締めつけた。自分を責める腰に腕を回して指を喰い込ませ、もっと苛めてくれと懇願する。

「芦澤さん、……芦澤さ……っ、あっ、あっ、……ひ……っ、あっ、あ、あ！」

激しく突き上げられ、我を忘れてしがみついた。もう、絶頂はそこまで来ている。

「——弘哉……っ」

「……芦澤さん……っ、あ……、——ぁぁぁあああ……っ！」

耳元で獣じみた吐息を聞かされたのと同時に、榎田は下腹部を激しく震わせながら再び自分を解放した。脱力し、体重を預けてくる芦澤の重みを躰で感じながら、いつまでこの幸せの中にいられるだろうかなどと思う。

耐えられない悲しみが襲ってくる日が来るかもしれないが、今あるものを手放さない最大限の努力をしたいと思い、榎田は芦澤の背中に回した腕に力を籠めた。

日本に戻ってからの榎田は、充実した日々を送っていた。ベリッシモの脅威が迫っているのが嘘のように、平和な日が続いている。だが、自分たちを狙う者が闇で息をひそめているのをどこかで感じながらも、淡々と仕事をする毎日を過ごした。

そんな榎田に大下が話があると言ってきたのは、イタリアから帰国して二週間ほどが過ぎてからだ。

帰国してすぐではなく、時間を置いて切り出してくれた大下の相変わらずの気遣いに心が温かくなった。イタリアで何があったのか具体的には知らないだろうが、帰国が遅れることは芦澤がイタリアに入る前に店に連絡をさせたとあとで聞いた。

こういったことは、初めてではないのだ。気づいていないわけがない。

「コーヒーでも飲みながらお話ししましょうか。僕が淹《い》れます」

「じゃあ、お願いしましょうか。いつもすみませんね」

「いえ。美味しいコーヒーを飲むためなら、淹れるのは苦にならないですから」

二人で休憩室に入ると、お湯を沸かして豆を挽《ひ》く。手挽きのミルでつぶしながら挽いた豆は香りがよく出て、狭い部屋をそれでいっぱいにした。

「いい香りですね」

「ええ。ここの豆は新鮮だから……」

豆を挽き終えると、フィルターをセットしたドリッパーにそれを入れる。蒸らした豆がふっくらと盛り上がったところで、極力山を崩さないよう湯を注いでいった。新鮮な豆は、さらにいい香りを放って二人を楽しませる。飲む時だけでなく、淹れる時からすでにコーヒーを味わう時間は始まっているのだ。

「はい。入りましたよ。大下さんどうぞ」

「ありがとうございます。仕事後の一杯は格別ですね」

大下は榎田の手からカップを受け取ると、まず香りを楽しんでから口をつけた。満足げな表情を見て、笑顔が零れる。丸椅子に座り、熱いコーヒーの表面を冷ましながら榎田も口をつけた。

ホッとする瞬間だ。

「大下さん。それで、話ってなんでしょう？」

「もう、お気づきになられているとは思いますが、今後のことです」

やはりそうだったかと、榎田は寂しい笑みを浮かべた。いずれ来るだろうと思っていた時が実際に目の前に迫ってくると、こんなにも切ないものかと不思議になる。

心づもりはしていたはずなのに、感情はどうしてこうも思い通りにはならないのか。

「引退を考えております」

「はい」

大下の言葉を噛みしめながら、静かに返事をした。

もうずっと大下とともにやってきた。

父が他界し、テーラーとして足りないところを教えてくれたのは、この大下だ。父がしてくれるはずだったことを、してくれた。早かった死により、教えられなかったことを自分の代わりに教えてくれたことを、天国の父も感謝していると思う。そして誰より、榎田が感謝していた。

この老齢の職人を尊敬し、感謝している。自分の店で働いてくれたことを。自分の人生の手本になってくれたことを……。

「大下さんには、本当にお世話になりました。僕は、大下さんがいなかったら、店をここまで護ってこられませんでした。正直寂しい気持ちはありますけど、大下さんがそう決められたのなら、頷くしかありません」

「わたしも、仕事を離れるのはとても寂しいです。ですが、腰も目も、老いを隠せなくなってきました。老兵は潔く去るべきだと……」

覚悟を決めた大下を、引き留める理由はなかった。

正直な気持ちとしては、もう少し働いてもらいたい。

まだ十分にやっていける。老兵だなんて言葉を使わなければならないほど、衰えていない。

けれども、それを口にしていったいなんになるだろう。決意をした職人に贈るのは、ダラダラと引き留める言葉ではなく、これまで自分のすべきことだけを黙々とやり続けてきたことへの称賛とねぎらいと感謝の言葉だ。

大下を心から尊敬している。

「大下さん。今まで、本当にありがとうございました。大下さんから教わったことを守って、僕はこれからのテーラーとしての人生と誠実に向き合っていくつもりです」

「お礼を言うのはわたしのほうです。それに、潔く去ることができるのも、あなたのおかげなのですよ？　あなたが半人前なら、無理をしてでもしがみついていたかもしれません。あなたの父上のご子息を一人前の職人にしなければと思ったでしょう。ですが、あなたはもう立派な職人です。技術だけでなく、その情熱も一流です。誰の目から見ても……」

「大下さん……」

泣きそうになったが、堪えた。引退の決意をした大下の前で涙を流すことは、大下をつらくさせてしまうだけだと思ったからだ。人生の区切りを決意した大下を、笑顔で送り出したい。

「最近、仕事を減らしていただいていたので、あと二カ月半ほどで今頂いているお客様のスーツはすべて完成します。補正まで入れても、そう時間はかからないでしょう。あとは、あなたが一人でやっていけるよう、お仕事の量を調整することを考えて、ここでお世話になるのはあと三カ月程度だと考えております」

「はい。わかりました。大下さんが主に担当されていた常連のお客様に関することを、いろいろと教えてください。次にご来店いただいた時に、がっかりされないようにがんばります」

「あなたなら、大丈夫ですよ」

「ありがとうございます」

笑い、コーヒーを飲み干した。カップの底を眺め、白い陶器の器にコーヒーがわずかに残っているのを眺めながら、どんなことにも終わりがあるものだと思った。避けられないことだと。けれども、単なる終わりではなく、変化にしなければならない。一人になった『テーラー・えのきだ』をこれまで以上に、いい店にしていきたい。

「それでは、そろそろ帰りますか」

「そうですね。明日も仕事ですから。あ、カップは僕が片づけますので、どうかそのままで」

「じゃあ、お願いします。それでは、お疲れさまです」

「はい。お疲れさまです」

大下の手からカップを受け取り、シンクの中に置く。

いつものように帰っていく大下の背中を見送ったあと、店の戸締まりをし、休憩室に戻って片づけをした。作業場を見渡し、やり残しがないかチェックする。

電気を消そうとスイッチに手を伸ばしたが、すぐにはそうせず、自宅に繋がるドアの前に立ったまま自分以外誰もいない作業場を眺めた。

あと三カ月。

もう一度、そのことを噛みしめる。

そして、まだその姿をはっきりと見せないベリッシモという男の存在が、榎田の心に影を落とした。平和を脅かす危険な男だ。日本市場を狙い、芦澤の組を狙い、芦澤の失脚を狙っている。

だが、ベリッシモのことが片づき、桐野組長の心が決まったら、芦澤は今度こそ組のトップに上りつめるだろう。そうすれば、木崎と諏訪を引き合わせることができるのだ。

その日が必ず来ると信じて——。

榎田はゆっくりと深呼吸をすると、自宅へ戻っていった。

二匹の獣

静かだった。

部屋の中はホテルの一室のようだが、ここは船の上だ。シチリアを出て一時間ほどが経っただろうか。ボートから乗り込んだ漁船から、さらに客船へと移り、一般客として運ばれている。

ベッドに寝ているのは岸谷《きしたに》だった。背中から腕にかけて薬品で焼かれた火傷《やけど》の痕《あと》があるため、今は壁のほうを向いて横になっている。

本庄《ほんじょう》は、ベッドの横に置いた椅子《いす》に座っていた。本庄も無傷ではなく、頭と腕に包帯を巻いていた。自分からも消毒薬の匂《にお》いがする。

かろうじてそれとわかる腕の注射の痕を眺め、本庄は自分の血を岸谷に輸血した時のことを思い出していた。危険の伴う行為だったが、岸谷はなんとか生きている。多少なりとも医学の知識を持っていて、よかったと思う。

そう思うのは、岸谷が無事だったからではなく、芦澤の目的を遂行するために自分の力が役に立ったからだ。目の前で眠っている男がどうなろうが、正直どうでもいい。

しばらくすると、岸谷が身じろぎしたかと思うと目を覚ました。痛み止めは飲ませたが、ちゃんと効いていないらしい。あれだけのひどい拷問をされたのだ。精神的なものから来る痛みもあるだろう。

おそらく、傷が癒《い》えるまで、しばらく安眠とは無縁の生活を送らなければならない。

「なんだ、いたのか?」

「ああ。同じ部屋だからな」

「なんでてめぇと同室なんだよ」

「お前が怪我《けが》人だからだ。様子を見ろと言われてる」

会話は、すぐに終わった。岸谷とは、昔から折り合いが悪い。相性が悪いのだ。最初に会った時から、なんとなくこの男は苦手だと思っていた。おそらく岸谷もだろう。

こちらが嫌いだと思っていると、必ず相手もこちらを嫌っている。そんなものだ。

ただ、仕事に関しては岸谷を認めている。ほぼ同時に組に入ったが、この男は他の連中とは明らかに違っていた。極道といえど、人間なら自分を大事にする気持ちが多少なりともあるだろうが、この男には昔からなかった。

命が惜しいとか、怪我をしたくないとか、人間なら必ず持っている防衛本能がないのだ。危険を回避するために闘うことはあるが、いざとなったら腕の一本くらい平気で犠牲にしそうなところがある。もちろん、本庄もそういう場面に遭遇すれば、犠牲は払う。

自分と違うと感じるのは、そんなギリギリの闘いの中にいるほうが生き生きとしそうなのだ。

それは、ただの思い込みではなく、これまで岸谷を見てきた本庄の分析の結果だ。

そして、それはおそらく当たっている。

「なんだよ、いつまで人の背中ジロジロ見てんだ」

「考えごとをしてただけだ。お前の背中に興味はない」

「はっ、そうか」

また、沈黙。

岸谷といると、息苦しい。

水と油。タイプがまったく違い、いつも牽制《けんせい》し合っている二人をこう表現する者は多い。それでも、芦澤のために岸谷とは協力している。芦澤を頂点まで押し上げるには、必要な男だ。だから、我慢して一緒にいる。

木崎《きざき》がいなくなってからは、特に二人で協力せねばと思うようになった。

木崎の抜けた穴は大きい。それなのに、会話を続けることすらできない。岸谷はそんな努力すら放棄していそうだが、それでいいのかと最近思うことがある。

「なぁ、本庄。兄貴がいた」

背中をこちらに向けたまま、ボソリと岸谷が言った。そして、もう一度――。

「木崎の兄貴は、生きてる。この目で確かめると実感できるな」

「ああ。死ぬわけがない」

本庄は、自分がよく似ていると言われる兄貴分のことを思い出していた。

目をかけてくれた。拳銃の撃ち方を教えてくれたのも、相手の追い込み方を教えてくれたのも木崎だ。手本にしていた。芦澤の力になれる男を目指すなら、木崎を目指すのが一番だと思っている。

「なんで、こんなことになったんだろうな」

岸谷らしからぬ言葉に、おや、と視線を向けた。弱気とも取れる発言に、やはり岸谷のような男でもマフィアの拷問に、多少なりとも精神的なダメージを受けたのだろうかと考える。

だが、それは自分の行動を後悔するようなものではなかった。

「あのオカマ弁護士だよ。あんな奴に関《かか》わらなけりゃ、今頃……」

忌々しいと言いたげな様子に、自分の想像の範疇《はんちゅう》を超えた男だと嗤《わら》う。

少なからず、そのことに関しては本庄も同じ気持ちだった。木崎ほどの男が、なぜたった一人の男に狂わされてしまったのか。それほど価値のある男だとは、思えなかった。確かに美しい男だとは思うが、それ以外魅力を感じるところはない。そして、木崎が見た目の美しさに現《うつつ》を抜かすような男でないとも思っている。

しかも、諏訪《すわ》は芦澤《あしざわ》のセックスフレンドだった。誰《だれ》にでも股《また》を開く、節操のないオカマ野郎と言っていい。特に極道の世界では、ああいうタイプは軽蔑《けいべつ》される。

だが、木崎は本気であの男を愛している。

「俺にも理解できない」

「でもお前は、若頭のオンナは認めてるんだろう?」

わざとオンナと言ってみせるところに、岸谷のガキっぽさを感じた。本能で生きてるような男だと、つくづく思った。

「ああ、認めてる」

「惚《ほ》れたのか？」

「馬鹿言え」

男に抱かれているという点では諏訪と同じだが、榎田《えのきだ》は少し違うとわかる。

尊敬する芦澤が選んだ男だということを別にして、これまで見てきた中で榎田が普通じゃないことは、なんとなく気づいていた。

意外に根性がある。今まで本庄が見てきた中でケツを掘られて平気な奴というのは、男のプライドを捨ててしまっただけでなく、男であることすら忘れている輩《やから》が多い。だが、榎田は違った。

優しげな見てくれからは想像できないようなことをする。

今日もそうだった。ドミニクに捕まり、銃口を向けられたあの場面で、本庄たちを案じた。自分の力でなんとかしようとしていたのがわかった。そして、ドミニクの手から銃を奪おうとした。

しかも、一度ドミニクに捕まり、クスリを打たれ、岸谷が拷問されたところを目の前で見たあとだ。その恐ろしさを目の当たりにしてもなお、抵抗できる。

榎田が銃を奪おうとしてくれたおかげで、暴発し、横転した車内に残された本庄たちを捕獲しに来たソルジャーたちの足が止まった。あれが、その後の形勢に少なからず影響したのは言うまでもない。

あの一瞬のおかげで、本庄たちが息をひそめてタイミングを計っていたことに気づかれずに済んだ。そして、絶妙なタイミングで奪った車で芦澤が突入してきたため、手榴弾《しゅりゅうだん》を有効的に使えた。

堅気にできることではない。組の若い衆でさえ、銃口を突きつけられれば足が竦《すく》む。

実際、芦澤が一人だけ残した若いソルジャーは、ショットガンを首に押しつけられただけで言いなりになった。オルメタの名のもとに、どんな場面でもファミリーを裏切らないと言われていたマフィアですら、あの体たらくだ。

だが、あの暴力とは無縁そうな堅気の男が、スーツを仕立てることしか能のない優しいだけだと思っていた男が、あんな真似《まね》をしたのだ。

あの強さは、どこから来るのだろうと思う。

「兄貴は、あの人を大事にしていた」

「俺にはわかんねぇよ」

「少なくとも、臆病者《おくびょう》じゃない」

否定されるかと思ったが、意外にも岸谷は黙り込んだ。

タオルミーナからジャルディーニ・ナクソスに入るまで、岸谷は榎田と二人で行動した。あの間にも、何かあったのかもしれない。

「ったく、なんで揃《そろ》いも揃って男を選ぶんだ、俺たちの尊敬する人ってのは」

「確かにな」

なぜ、女を選び放題な男たちが男に走るのか。しかも、木崎などは諏訪を護《まも》るために組の若い衆を一人殺した。確かに、殺された坂本《さかもと》は本庄も苦手なタイプだったのは、間違いない。岸谷と馬が合わないというのとは、また違ったものだ。

ずる賢く、尊重できる相手ではない。

それでも同じ組の人間だ。そこまで狂わされたのだろうかと思う。

諏訪なんて男に走らず、木崎が今も組にいてくれたらどんなにいいか――そんなふうにいつまでも思ってしまう自分が情けなくて、本庄は決意を口にした。

「若頭を頂点まで押し上げるぞ」

「ああ」

「そのためには、お前とだって協力する」

「そりゃこっちの台詞《せりふ》だ」

「お前には、早く回復してもらわないと困る」

「わかってるよ。絶賛回復中だ。だからもう黙ってろ。てめぇの声聞いてると、治りが遅くなる」

相変わらずの口の悪さだ。しかし、感情の起伏があまりないと言われている本庄にとって、この程度の悪態は特別気分を害するようなものではない。それでも、相手が岸谷となるとまた少し違うのだろうか。

何か言い返してやりたくなり、思わず余計なことを口にする。

「岸谷。お前の躰《からだ》には俺の血が流れてるんだぞ」

嫌がるだろうと思い、わざと輸血したことを思い出させてやった。

狙《ねら》い通り、岸谷は振り返ると眉《まゆ》をひそめて嫌そうな顔をし、再び壁を向いた。

「いつかぶっ殺す」

ざまぁみろ……、という気分になり、少し気持ちが晴れた。だが、そうなったのは一瞬で、再び考えなければならないこれからのことに、気持ちがピリリとなる。

「置いてきた諏訪が気になる」

岸谷は何も言わなかった。

「俺たちが帰るまでに、黒幕が動き出さなきゃいいけどな」

本庄も、その言葉を最後にだんまりを決め込む。

さまざまな思いを乗せて、船は暗い海を進んでいった。

あとがき

イタリアです。マフィアです。とうとうシチリア編をやってしまいました。

こんにちは。もしくははじめまして。中原一也です。

いつだったか、極道のあとがきで尿道責めについて語った時、イタリアンマフィアに拉致されて尿道に乾燥パスタを突っ込まれる話を書こうかなんてほざいた覚えがあります。

乾燥パスタ。

悩みました。今回本当に悩みました。乾燥パスタを使うか否か。

折れないようにそろそろと、だが時間をかけるとふやけてしまう。難しいプレイです。しかしながら、乾燥パスタは細いので、一本ずつ足していくと少しずつ拡張できますし、そこはかなりのメリットではないかと思うのです。パスタにしてみれば、大迷惑ですけど。

乾燥パスタ。ああ、乾燥パスタ。ああ、哀愁の乾燥パスタ。

枕詞的なものをつけると、なんだか昭和演歌のタイトルのようですね。ベンジャミン・伊藤さんか小松与太八左衛門さんに曲を紹介していただきたいです。

「人の迷惑顧みず、やってきましたエロ男爵。そんな道具じゃないけれど、挿れて拡げて拡げて挿れて。あなたなぜなぜわたしを挿れる。さぁ、しめやかに歌い上げていただきましょう。芦澤祐介。哀愁の乾燥パスタ。どうぞ～♪」

だんだんおかしなことになって参りました。

では、イラストを描いて頂いた小山田あみ先生。いつも素敵なイラストをありがとうございます。わかりにくい描写もあって作画が大変だったことと思います。

そして担当様。今回は著者校正でかなりの赤を入れてしまいました。作業が大変だったのではないかと思います。次はそうならないよう気をつけます。

最後に読者様。あとがきまで読んで頂きありがとうございます。くだらないことばっかり書いてすみません。次はもう少しマシなやつをお届けしたいと思います。

極道スーツシリーズは、もう少しで完結します。次の巻もおつきあい頂けると嬉しいです。

それでは、またお会いいたしましょう。

中原　一也

大下さんお疲れ様でした
お身体おだいじにして下さい
あなたもね
大下さん
ひとあしお先に
クランクアップ！
お

この本を読んでのご意見・ご感想・
ファンレターをお待ちしております。

〒101－0051
東京都千代田区神田神保町2－4－7
久月神田ビル7F
(株)イースト・プレス　アズ・ノベルズ編集部

極道はスーツと煉獄を奔《はし》る

2014年11月10日　初版第1刷発行

著　者：中原一也
装　丁：㈱フラット
編　集：福山八千代・面来朋子
営　業：雨宮吉雄・藤川めぐみ
発行人：福山八千代
発行所：㈱イースト・プレス
〒101－0051
東京都千代田区神田神保町2－4－7
久月神田ビル8F
TEL03-5213-4700　FAX03-5213-4701
http：／／www.eastpress.co.jp／

印刷所：中央精版印刷株式会社

ISBN978-4-7816-1237-9　C0293

AZ+ プラス コミック
青春ギリギリアウトライン
えのき五浪
AZ·NOVELS&アズプラスコミック公式webサイト
http://www.aznovels.com/

AZ+コミック
不純恋愛症候群《シンドローム》
山田パン
コミック・電子配信コミックの情報をつぶやいてます!!
アズプラスコミック公式twitter　@az_novels_comic

アズノベルズ
AZ・NOVELS
絶賛発売中！
極道はスーツを秘密に閉じ込める
中原一也　イラスト／小山田あみ
芦澤たちを執拗につけ回す刑事・野口。
常軌を逸した男の策略に嵌り、絶体絶命の窮地に…
本体価格：850円・新書判